1

Guido Beduschi

L'IMPERSCRUTABILE

Voli in astrale fuori dal corpo

L'IMPERSCRUTABILE

Voli in astrale fuori dal corpo

Autore: Guido Beduschi

L'IMPERSCRUTABILE

Voli in astrale fuori dal corpo

Premessa

Leggendo questa prefazione vi chiederete quale attinenza possano avere le convinzioni personali che mi accingo a dichiarare con i viaggi in astrale.

La motivazione è presto detta.

Veleggiando nell'imperscrutabile ho conosciuto quel che dovevo conoscere e perciò lo vengo a riferire.

Ho padroneggiato taluni principi dell'esistenza universale impossibile da comprendersi altrimenti.

Mi sono addentrato in avvenimenti del passato, situazioni presenti e contingenti e circostanze in divenire.

Ho incontrato personaggi di ogni etnia; umili individui e gran signori dai titoli nobiliari, luminari ed artisti di gran fama, personalità che hanno lasciato il segno nella storia dell'umanità e molti altri senza alcuna rinomanza con i quali mi sono intrattenuto per il piacere della conoscenza.

Abbandonate le spoglie mortali, nessuno di coloro che ho incontrato si è presentato con superiorità.

Ognuno di loro si è proposto paritario, senza la superbia e l'arroganza degli impulsi umani.

Avvenimenti ed incontri che a ben pochi viene concessa l'eccezione e per questo rendo merito a chi ha voluto prendermi per mano e condurmi laddove l'irraggiungibile è diventato realizzabile, fino a toccare le alte cime dove s'ode l'alitare universale e la forza della vita incunearsi nei recessi più remoti della conoscenza, per sfiorare con le dita l'Energia infinita.

Come è naturale che sia, la maggior parte di voi, o coloro che avranno la bontà di scorrere le pagine dei racconti che vengo a riportare, considereranno sia un visionario o che peggio ancora le mie sinapsi abbiano avuto un tracollo organico ed abbiano perduto la duttilità della corretta connettività.

Naturalmente, ognuno di voi avrà il proprio metro di giudizio nel ritenere fondate od inadeguate le riflessioni che mi accingo ad esplicitare in questo prologo e sicuramente senza fondamento ciò che nel seguente contesto riferirò, raccontando gli avvenimenti e la dinamica del viaggiare con l'energia dell'aura nel tempo e nello spazio.

Ma di questi ultimi vergherò gli avvenimenti dettagliatamente nei capitoli a venire.

Ora partiamo con l'affermare ciò che ritengo non essere solamente mia convinzione personale ma prevaricazione bella e buona della pura e semplice oggettività.

A questo proposito desidero asserire quanto sia scorretto reputare siano esistiti, o possano tuttora rivelarsi, personaggi tali da potersi dichiarare santi od altri ancora eroi.

Questi personaggi non sono certo dell'umana specie.

Per quanto riguarda i cosidetti eroi occorre definire rigorosamente il contesto storico ed in particolare la condizione psicologica del soggetto che si presta ad azioni, o gesta, definite eroiche.

Le prodezze realizzate in maniera esagerata ed esasperata, compiute da taluni personaggi, altro non sono che situazioni contingenti messe in pratica in momenti durante i quali subentrano, nella persona chiamata in causa, particolari stati d'animo, indotti o naturali.

Sia per quanto riguarda l'induzione tramite metodiche artificiali, sia per motivi naturali, gli uni e gli altri spingono ed invogliano ad una sorta di esaltazione personale che spinge il soggetto investito da tali stati emotivi a compiere azioni considerate abitualmente incomprensibili.

Gli stati d'animo indotti vengono esercitati dall'introduzione nel corpo di elementi esterni tramite l'assunzione di qualsiasi sostanza che procuri l'alterazione della realtà.

Le disposizioni naturali a compiere ciò che nella normalità viene scongiurato, a motivazione dell'istinto primario della sopravvivenza, stimolando il soggetto all'esaltazione di un momento particolare, altro non sono che situazioni contingenti.

Ovvero, colui che compie un'azione contraria al rigore logico dell'istinto naturale, mettendo a repentaglio la propria stessa vita, si trova in condizioni psicologiche estreme che possono determinarsi per differenti motivi.

Quelli maggiormente presenti nelle circostanze succitate vengono motivati dell'esasperazione del soggetto che possono determinarsi a causa di qualsiasi introversione psicologica o fisica, o magari per il solo desiderio di mostrarsi capaci di compiere azioni non comuni per desiderio di visibilità.

Alcuni personaggi storici dei quali vengono commentate le gesta leggendarie che nel corso della loro esistenza hanno compiuto, senza soluzione di continuità, sono state determinate dall'euforia personale del soggetto in questione a motivazione della necessità di pervenire all'eccitazione della sensualità che diversamente non avrebbe potuto reperire.

Questi sono solamente alcuni dei casi nei quali vengono compiute gesta definite eroiche, ma che in realtà dovrebbero considerarsi eventi dovuti all'esaltazione personale determinati dall'assunzione di sostanze esterne in un caso ed a causa della necessità fisiologica indispensabile per il raggiungimento della soddisfazione della sessualità nell'altro.

Le persone che vengono considerate sante e per questo venerate sono tutta un'altra storia.

In realtà non esistono persone delle umani stirpi che abbiano la facoltà di compiere eventi prodigiosi tali da poterli catalogare alla stregua di opere dalle origini soprannaturali.

L'avverarsi di guarigioni, dichiarate dalla medicina ufficiale impossibili da realizzarsi con le metodologie terapeutiche disponibili, a motivo dell'insufficiente conoscenza scientifica della problematica specifica, avvengono, in certe circostanze, autonomamente, per convincimento personale.

La facoltà di conseguire autonomamente, con la volontà e la forza della mente, alcune guarigioni corporali, vanno oltre qualsiasi medicina ufficiale.

Certo non potrebbe ricrescere un arto e neppure ritrovare la perduta stabilità mentale, tuttavia, per alcune patologie, come suggeriva un vetusto adagio; volere è potere.

Infatti è la mente di ognuno di noi che compie il miracolo della ritrovata stabilità fisica, senza dover ricorrere a cialtroni guaritori o ad ipotetici santoni.

In altre occasioni possono avverarsi, in particolari situazioni, laddove l'energia di grandi masse di persone viene convogliata verso un soggetto in difetto energetico e pertanto, a motivo di tal fatta, bisognoso di attenzioni poiché squilibrato nell'energia fisica e mentale, la guarigione dalla sua eventuale patologia.

Dalla persona in questione, l'energia emanata dalla comunità, viene ricevuta fino a raggiungere la stabilizzazione fisica, tale da apparire possa essere stata conseguita da un intervento soprannaturale e per codesta ragione viene definito miracolato.

Come è possibile constatare, tra le guarigioni definite soprannaturali, imputandole agli interventi di personaggi dell'umana specie definiti santi, non si verificherà, in nessun caso, la crescita di un arto mancante o di qualsiasi altro organo.

In effetti la guarigione possibile che potrebbe avvenire in taluni casi è un risanamento di stabilizzazione energetica corporale.

Quindi nessun miracolo e nessun intervento sovrumano.

Solo l'Essere Superiore ha facoltà di scelte decisionali.

Apparenze

Desidero affermare, senza alcuna ombra di dubbio, che visioni celesti di personaggi menzionati dalla liturgia ecclesiastica non si sono mai, e dico mai, presentati a chicchessia e posso anche spiegarvi la motivazione del perché il cosiddetto veggente è convinto di aver avuto la visione.

Poniamo il caso in cui possa essersi avverata l'eventuale apparizione della santità, o della divinità ritenuta tale, pare a voi possibile che la visione del santo, presentatosi con spoglie luminose, intenda guarire miracolosamente solo uno dei richiedenti e lasciare tutti gli altri a mani vuote?

Potrebbe mostrarsi ai fedeli, richiedenti e oranti, palesando l'impossibile malvagità al punto da rimandare a casa migliaia di persone con le loro suppliche inascoltate?

L'indulgenza dovrebbe favorire l'intera comunità dei credenti, in caso contrario opererebbe arbitrariamente facendo distinzioni.

Vi chiederete se le persone che affermano di aver avuto le visioni, o coloro che vengono chiamati veggenti, poiché attestano il presentarsi abitualmente delle visioni, siano nel giusto o dichiarino falsità.

A questo proposito devo assicurare con estrema certezza che un numero assai rilevante, per non dire la quasi totalità di questi discutibili personaggi, siano senza ombra di dubbio dei ciarlatani che carpiscono la buona fede della credulità popolare per ottenere attestazioni particolari ed interessi personali.

Basterebbe qualche domanda appropriata o poco altro per smascherarli.

Vi sono altresì alcuni individui, ed a questo proposito intendo indicare persone semplici e bambini nei quali l'ingenuità e la purezza incontaminata risultano svelarsi condizioni essenziali, i quali disporrebbero della prerogativa nel sostenere il presentarsi di visioni celestiali.

O per meglio dire: la spontaneità naturale e l'innocenza li porta a ritenere veritiero il presentarsi di apparizioni, poiché sono essi stessi convinti dell'avverarsi delle stesse.

Anche in codesto contesto la spiegazione è presto agevolmente spiegata e con essa la dimostrazione dell'infondatezza della convinzione dell'ipotetico veggente.

Prendiamo ad esempio la visione che viene maggiormente segnalata: l'apparizione della Madonna.

L'immagine presentatasi viene descritta, da colui che ritiene di vedere l'apparire del fenomeno sovrannaturale, nello stesso modo con il quale ha avuto l'opportunità di riconoscerla.

Ovvero, nel modo con il quale la figura della Madonna viene rappresenta dall'ufficialità ecclesiale.

Viene descritta dalla carnagione chiara, vestita con abiti dai colori bianchi ed azzurri.

Fosse stata veritiera l'apparizione, l'ipotetico veggente, si sarebbe trovato dinnanzi la visione di una donna dalla pelle scura con indosso il copricapo e le vesti anch'essi di colore scuro.

In realtà, l'ingenuità dell'individuo lo induce a visualizzare la proiezione della visione memorizzata in precedenza nella sua mente, quando, presumibilmente, si è trovato in determinati luoghi ed in particolari momenti, immagazzinando, custodendo con spontaneità e mantenendo in considerazione, come veritiere, le immagini esposte.

Un'ulteriore opportunità di presumibili apparizioni, od eventi similari, potrebbero attuarsi laddove gli incroci energetici terrestri offrono un sensibile aumento della capacità sensitiva.

Il soggetto, scevro da impurità, in taluni casi, avrebbe la capacità di proiettare esternamente l'immagine depositata nella mente.

Ed ancora, la capacità mnemonica dell'interessato riceverebbe nozioni, fino a quel momento sconosciute, dalla congiunzione energetica e dai flussi dell'espansione delle onde elettromagnetiche del sapere collettivo, le quali vengono assorbite dall'intelletto pressoché intonso.

Proviamo per un attimo a mettere da parte queste considerazioni e ragioniamo diversamente.

Come può essere possibile adorare, venerare, amare, baciare, pregare e via di questo passo, figure di santini stampati, idoli di legno, o di qualsivoglia materiale, riproducesti soggetti dell'umana specie?

Non è forse questa idolatria?

Coloro che come me credono nell'Essere Superiore, come possono abbassarsi a queste ignominie?

A questo proposito debbo affermare una piccola, ma importante, diversità di opinione sulla fede.

I credenti, lo dice proprio il termine utilizzato, credono esista il Creatore.

Io non solo credo; sono convinto della Sua l'esistenza.

Un'ulteriore situazione che mi preme precisare riguarda le persone che sostengono di vedere gli angeli e di dialogare con loro, o di parlare con le energie di persone che già furono.

Non credete a simili fandonie.

Si tratta esclusivamente di imbonitori e ciarlatani.

Nel momento attuale, in tutto il globo terracqueo, coloro che effettivamente hanno la possibilità di comunicare con l'altra dimensione si possono contare sulle dita di una mano e costoro non sono soliti a pubblicizzare la loro dote per non esserne derisi.

Un'altra dichiarazione prima di passare oltre.

Non esistono statue od altri oggetti del culto che piangono o che compiono eventi prodigiosi.

Ogni episodio, all'apparenza irrazionale, indagando a fondo si evince che non ha nessun motivo per menzionarsi soprannaturale.

Rimanete dunque in guardia e state all'erta prima di adorare cianfrusaglie varie!

Il Signore dell'Universo è ben diverso da queste minutaglie!

Credere o non credere

Questa introduzione necessita per spiegare le pagine a seguire.
Una piccola presentazione per dire ciò che intendo riferire.
Per quanto redatto fino ad ora e per quello che compilerò nei capitoli a seguire, se espongo ciò che ribadisco e se scrivo ciò che attesto, lo elaboro e lo compilo a ragion veduta.
Ognuno ha il diritto di credere o non credere per quanto mi accingo a raccontare.
Non v'è obbligo di imposizione nella scelta decisionale verso la quale prestare fede.
Vi saranno sicuramente coloro che confuteranno, con presunta superiorità, il contenuto delle argomentazioni trattate, ritenendole superficiali ed inaffidabili.
Costoro, leggendo, se mai avranno la bontà di farlo, sorrideranno ironicamente di ciò che evidenzieranno nei racconti.
Ma tant'è; in codesta procedura incede il sapere e la conoscenza.
In questo nostro mondo e di siffatto scetticismo me ne farò ragione.
D'altro canto, questa materia risulta dimostrarsi talmente opinabile, poiché non soggetta a verifiche scientifiche, da poter essere contestata e derisa da coloro che si dimostrano risoluti a contraddirla.
A questi intenti non è mia pertinenza giudicare.
Nel corso della mia esistenza ho evitato accuratamente di raccontare queste esperienze proprio per non espormi al pubblico ludibrio ed alla incredulità delle persone.
Avendo finalmente raggiunto una condizione psicologica tale da consentirmi di superare i pregiudizi ed i giudizi negativi che altrimenti avrebbero potuto condizionare ed incidere profondamente la mia serenità e non essendo più importanti le valutazioni di chicchessia, ho deciso di raccontare queste mie esperienze.
Forte del fatto che non devo dimostrare niente a nessuno, poiché non ho niente da perdere e niente da guadagnare, sono certo che le valutazioni che ne trarranno coloro che leggeranno non mi

turberanno minimamente e l'ironia che ne deriverà non mi toccherà per niente.

Chi vorrà credere avrà la possibilità di riflettere sulla continuità dell'essere e dell'esistenza stessa.

Coloro che intendono negare la veridicità dell'altra dimensione si dovranno accontentare di quanto inconsistente sia ritenere non trovi luogo che il presente.

La bolla del benessere

Innanzitutto occorre affermare che niente e nessuno trova fine a se stesso, poiché tutto si trasforma.

Questo vale per ogni soggetto animato, per ogni oggetto inanimato e per ogni creatura del creato.

Ogni essere possiede un'energia con la facoltà di progredire in base alla sua capacità evolutiva la quale, nel momento della transizione verso la trasformazione, abbandona il corpo fisico per dirigersi laddove intraprende un nuovo inizio.

In quel luogo, il buio dell'universo diventa radiazione luminosa completamente differente dalla luce conosciuta la quale, oltre a rischiarare, avvolge completamente la novella essenza, la ricolma di armonia indescrivibile; elargisce a getto continuo sensazioni di pace, serenità, dolcezza, amore.

Spiegare a parole le emozioni verificate risulta essere limitante poiché inesistenti nel vocabolario.

La voce non ha facoltà di espressione, tuttavia, la comunicazione verbale, nel caso in cui ci si potesse avvalere della suddetta capacità, risulterebbe inutile per conseguire la consapevolezza del sapere ed il raggiungimento della comprensione dei misteri universali.

Mi sono trovato nell'altra dimensione perciò posso affermare con attendibilità queste verità!

Come affermato in precedenza, risulta assai difficile spiegare con precisione le sensazioni provate durante quelle rare opportunità.

Ciò nondimeno mi ci proverò.

Come e perché, in alcune parentesi dell'esistenza umana, mi sia sentito avvolgere e trasportare in una dimensione sconosciuta decisamente non ne sono a conoscenza e non lo posso spiegare.

Presumo, per mia inspiegabile convinzione, abbiano voluto farmi provare alcune sensazione per poterle divulgare e rendermi consapevole dell'esistenza di una dimensione alternativa successiva.

Operando in codesto modo mi hanno reso consapevole non finisca miseramente l'esistenza umana.

In quei fenomenali e sbalorditivi eventi, durante i quali il tempo e lo spazio non hanno ordinamento all'esistenza, mi sono sentito avviluppare da una piacevole percezione.

Alla stessa stregua di scoprirmi in una bolla di benessere fisico e mentale.

La leggerezza dell'essere concedeva la persuasione della banalità della fisicità e di conseguenza mi sentivo privo delle normali esigenze corporali e di ogni forma di malanni.

Nessun pensiero suscitava il rincorrere le problematiche giornaliere dell'umana specie.

Pareva mi sentissi, semplicemente, in un'ovattata ed inesauribile distensione.

In quei frangenti, le percezioni e le suggestioni analizzate giungevano moltiplicate, in un'oasi di pace e di serenità.

Mi è stata offerta la facoltà di comprendere una piccolissima parte della conoscenza universale poiché si è trattato semplicemente di intervalli temporali terrestri assai limitati durante i quali sono rimasto in quel luogo sorprendente.

La totalità della consapevolezza generale si comprenderà nel domani che verrà.

La magnificenza di quell'istante è tale che desidereresti non finisse mai.

Vorresti rimanerci e non allontanarti più.

Tuttavia, mi sono state proposte queste evenienze per chissà quali corrispondenze e non essendo ancora giunto il momento di trattenermi, sono stato invitato a rientrare nelle antiche vesti.

Lentamente ho appreso come entrarci, ma più di tanto non mi è possibile restarci.

Ciononostante, quando le condizioni lo permettono, cerco di rientrare in quella che chiamo la grande bolla, il luogo nel quale mi rifugio, dove si prova un benessere che diversamente non si riuscirebbe a verificare.

In quel bozzolo personale trovo l'incanto della dolcezza ed il tepore avvolgente che rigenera.

La materialità corporea risulta impossibilitata a farne parte e non avendo perciò la facoltà di parteciparvi fisicamente nessun dolore fisico può proporsi, così come all'unisono svaniscono le preoccupazioni generate da impulsi esistenti in questa nostra dimensione.

In quel luogo verifico fedelmente la percezione dell'immensità dell'avvolgente amore cosmico al quale mi rendo conto di partecipare e farne parte.

L'odio, il male e la cattiveria, sono impulsi che non hanno facoltà d'accesso, poiché da quel luogo sono esclusi, non avendo dignità per condividere l'infinito amore esistente nell'altra dimensione.

Le malvagità umane, le quali vengono giudicate siano sollecitudini demoniache, giacché secondo convenienza pare che l'essere maligno con i suoi tentacoli induca le persone verso la direzione che porta direttamente al castigo eterno dell'inferno, sono esclusivamente impulsi delle umane genti.

Impulsi degenerativi di quell'umanità corrotta, arrogante e prepotente che possiede una crudeltà indescrivibile tale da soggiogare, opprimere e finanche eliminare coloro che frappongono ostacoli che contrastano con l'obiettivo programmato che tende alla supremazia.

Pare a voi che l'Energia Suprema, il Signore Dio degli universi, nella sua infinita bontà ed amore, abbia potuto veramente dare spazio alla creatura di un essere malvagio?

La malignità per la brama del possesso è solamente opera dell'uomo.

La corruzione ed il malaffare di quell'umanità che ritiene di possedere capacità superiori e di essere migliore degli altri, incita ad esercitare azioni riprovevoli che opprimono i propri simili.

Il vero amore che avvolge, rigenera ed entra nello spirito, altro non è che la dedizione nei confronti delle persone amate e coloro che ti stanno accanto, ricambiando e duplicando ciò che viene donato.

Nell'esistenza terrena tutto, infine, risulta vano, effimero; ogni orpello è fine a se stesso.

Vivere senza credere è una risultanza insensata.

Con codesta convinzione esiste solo il presente, il quale in verità non offre niente, poiché tutto risulta infine essere effimero, fugace ed incoerente .

Nella dimensione superiore si scopre l'insieme e l'unità dell'universalità.

Nell'itinerario successivo, passo a passo, arriverà la conoscenza del sapere totale.

I beni terreni sono ben poca cosa, identificati all'ultimo posto della graduatoria, poiché sono semplicemente fronzoli effimeri che lasciano il tempo che trovano ed in ogni caso rimarranno in codesta fugace dimensione.

Ogni essere, in questa esistenza, viene accompagnato da un'energia personale e superiore con il compito di salvaguardare il soggetto assegnato in custodia e suggerirgli il corretto comportamento.

Entità superiori che vengono definiti angeli custodi.

Le voci di costoro si possono sentire semplicemente con la bontà nel cuore e la semplicità dell'anima.

Date retta dunque a chi suggerisce siano il bene e l'amore che inducono ad allontanare l'odio ed il male.

Per completare questa parentesi desidero aggiungere non sia per tutti similare il passaggio alla dimensione superiore, poiché coloro che hanno compiuto azioni criminali dovranno scontare le loro pene, se mai volessero conformarsi nella beatitudine.

State bene all'erta dunque ed a questo intendimento altro non vengo a riferire.

Viaggi astrali e viaggi con conducente

I viaggi astrali, o per meglio dire i viaggi dell'energia extracorporea, sono differenti dai viaggi con accompagnatore, i quali sono precisati altrimenti.

I primi vengono determinati dalla volontà personale di talune persone dotate di particolari affinità elettive e dalla sostanziale capacità di poterne usufruire.

Questi vengono sollecitati dalla determinazione di mettersi alla prova e verificare fino a che punto sia possibile spingersi..

Sorge, pertanto, l'aspirazione di capire quali siano i limiti possibili da raggiungere.

Quando, in seguito, l'energia si distacca dal corpo fisico, elevandosi sopra ad esso, si prova la sensazione di estraniarsi dal contenitore corporale, come fosse una struttura estranea.

La certezza di potervi rientrare risulta abbastanza ipotetica; pur tuttavia, l'ambizione all'evasione diventa superiore a qualsiasi altra soluzione.

Questi itinerari, benché nel tempo siano diventati sufficientemente realizzabili da farsi, a volte si trasformano in percorsi di sofferenza veri e propri poiché si possono rendere visibili eventi tragici in divenire ed altri in corso di trasformazione prossimi a verificarsi.

Per questi motivi, avendo la possibilità di sospenderli poiché gestiti energeticamente in prima persona, sovente diventa preferibile interromperli anzitempo onde evitare di assistere a situazioni assai dolenti.

Diventa invece impossibile evitare l'apparizione di flash luminosi nel buio della notte, durante i quali si vedono chiaramente le fisionomie dei volti di persone che vorrebbero dialogare..

Per quando riguarda le voci diventa possibile gestirle, differentemente dalle figure presentatisi.

Infatti, si ascoltano se si desidera sentirle od altrimenti si riesce a non udirle.

In alcuni casi, possono presentarsi in vesti umane entità primarie di alcuni soggetti, i quali, sovente, preferiscono evitare rendere noto chi essi siano.

Intendono comunicare, tramite il messaggero che in quel caso trattasi del ricettivo, un messaggio a colui che stanno proteggendo, poiché ad ogni persona viene assegnata una guida energetica.

I viaggi con conducente, ovvero i percorsi realizzati con accompagnatore, arrivano quando meno te lo aspetti, in ogni caso sempre di notte, in condizioni di vigilanza attiva e senza che vi sia la determinazione del loro proporsi e neppure la possibilità di evitare il tragitto dell'itinerario da percorrere.

In talune occasioni si possono avvertire anzitempo piccoli segnali o percezioni subconscie che presagiscono l'avverarsi dell'avvenimento in questione, tuttavia non sempre è possibile percepire in anticipo l'evento.

Comunque ed in ogni caso risulta irrealizzabile la volontà di negarsi.

In questi viaggi che possono portare nel passato, nel presente o nel futuro, ai quali risulta impossibile sottrarsi, si viene spesso posti nella condizione della vittima, sia maschile che femminile, per rivivere nella stessa maniera la situazione contingente alla quale quei soggetti hanno dovuto sottostare, o stanno tuttora soggiacendo a spiacevoli situazioni o d'altre circostanze in divenire.

Alcuni percorsi risultano sovente incomprensibili, in particolare quando il viaggio si introduce nel tempo che verrà.

A voi dunque la problematica sentenza e l'interpretazione degli stessi percorsi da me realizzati.

Primi presagi

Oltre ai contatti con entità della dimensione superiore ed ai viaggi astrali, siano quelli compiuti per volontà personale che quelli con conducente, devo aggiungere mi sia stata concessa la facoltà di percepire alcuni eventi in divenire ed a riconoscere quali possano essere gli affanni che incombono sulle persone.

In alcuni casi risulta possibile favorire il soggetto in questione, informandolo quali potrebbero rivelarsi le soluzioni da adottare nel tentativo di risolvere l'incombenza esistente.

A proposito delle suddette facoltà, desidero aggiungere non mi fossi reso conto di possedere codeste attitudini, presentatesi fin dalla fanciullezza, ma di esserne diventato consapevole solo in età adulta.

Devo altresì ammettere che il presentarsi di taluni avvenimenti, oltre ad altre diverse e strane situazioni, se in alcuni casi mi incutevano timore in altre mi rallegravano.

Di seguito voglio esporre taluni eventi accaduti quando mi era ancora sconosciuta l'affinità elettiva con l'Energia universale, concessami dalla dimensione superiore.

Alcune situazioni che mi provocarono trepidazione accaddero durante la mia infanzia.

Da bambino, durante i lunghi pomeriggi delle caldi estate, quando la pressoché totalità della comunità contadina del luogo natio volgeva al desio del pisolino pomeridiano ed il completo silenzio incombeva in tutto il villaggio, differentemente dalle abitudini tipiche del paese, giacché a me faceva difetto andare a riposare, provavo il desiderio di recarmi a spasso per la campagna.

Me ne andavo a gironzolare senza alcuna meta in particolare, dirigendomi da una parte all'altra nella silente campagna, così tanto per vagabondare in solitudine.

Devo altresì affermare mi piacesse parecchio vagare per i viottoli del contado e soffermarmi a dissetare l'arsura secchezza delle fauci con la fresca e limpida acqua dei torrenti.

Era per me un vero appagamento.

Tuttavia, accadeva sovente che nel silenzio della solitudine campestre accadessero stranezze che mi impaurivano.

Sentivo alle spalle voci che invocavano il mio nome.

Qualcuno stava chiamando ed io volgevo il capo per capire chi fossero coloro che a me si rivolgevano.

Non vedevo nessuno ed in verità non c'era proprio anima viva.

Tuttavia le voci seguitavano a chiamarmi ed in quei casi mi intimorivano.

Quando questo verificarsi si ripeteva ininterrottamente, iniziavo a correre a perdifiato nel percorso per rientrare a casa.

Nonostante il batticuore al sentire le voci che si rivolgevano a me chiamandomi per nome, al ripresentarsi dell'occasione riprendevo il girovagare in solitudine per le campagne deserte.

Non intendevo tralasciare quella soddisfazione, anche se le voci seguitavano a chiamarmi.

Allora ero un bambino e mi allarmavano.

Ora non mi spaventano più.

Altri episodi che viceversa mi divertirono accaddero in giovinezza.

Uno di questi eventi ebbe a verificarsi un giorno di ottobre, nel corso degli anni settanta.

Per noi ragazzini era un'azione abbastanza agevole arrampicarsi sulle lunghe scale a pioli e raggiungere gli alti tralci delle viti della vigna per vendemmiare i grappoli posti sulle cime e ridiscendere velocemente dopo aver riempito il cesto di grappoli.

I contadini che possedevano le vigne coltivate a spalliera affidavano il compito, per l'appunto, a ragazzini come me per la vendemmia delle parti alte.

Il lavoro eseguito veniva ricompensato con poche lire, pur tuttavia anche quel poco contribuiva a sostenere la disastrata economia famigliare.

Tra le richieste avanzate dal vignaiolo trovava ragione la pretesa fosse auspicabile che durante la raccolta i vendemmiatori cantassero o fischiassero, di modo evitassero di cibarsi dell'uva.

Ma questa è tutta un'altra storia.

Quel giorno, appunto, prima che la giornata si portasse al termine, conclusa la raccolta degli abbondanti grappoli di un filare, passammo al successivo.

In quella occasione, il proprietario della vigna, ebbe ad affermare si dovesse concludere l'intera raccolta dell'ultimo filare durante la giornata successiva e di conseguenza completare la vendemmia giacché aveva previsto di iniziare, senza alcun indugio, alla torchiatura dei grappoli immediatamente dopo.

In quel mentre mi venne istintivo affermare non avremmo potuto concludere la raccolta dell'uva il giorno successivo poiché alle tre pomeridiane sarebbe intervenuto un forte acquazzone il quale, se pur passeggero, ci avrebbe impedito di concludere il lavoro.

Il vignaiolo, con un sorriso canzonatorio, ebbe ad affermare non fossero previste perturbazioni e che se ci davamo sotto avremmo sicuramente conclusa la vendemmia.

Istintivamente non replicai poiché non credetti neppure io alla previsione che ebbi inopinatamente ad affermare, al pari di una profezia.

Il giorno successivo, alle tre pomeridiane, esattamente alle tre precise, il forte acquazzone che si abbatté sulla vigna impedì di concludere la vendemmia, così come avevo annunciato.

Per quel giorno non potemmo concludere la raccolta.

Benché rimasi piuttosto impressionato fosse avvenuto ciò che avevo presagito, mi sentii abbastanza soddisfatto della preveggenza sorta spontanea per il divenire, dichiarata in precedenza.

Le prove

Nel momento in cui il contenitore corporale porrà fine a se stesso, per qualsivoglia eventualità, l'energia che si trova in ognuno di noi abbandonerà la soluzione materiale per elevarsi nella dimensione superiore e diventare, dopo l'indispensabile rigenerazione, energia allo stato puro.

Nel corso della nostra esistenza terrena l'energia che l'Entità Superiore assegna ad ognuno di noi, ci accompagna e tenta di alleggerire i fastidi della vita nei quali fatalmente incorriamo.

Infatti, quando ci travolge un malessere fisico od un problema all'apparenza irrisolvibile, i quali possono inficiare la normale attività intellettiva, causando riflessioni sulla possibilità di superarli, sentiamo l'energia che si trova in noi canticchiare motivetti remoti, immagazzinati nella nostra memoria.

Immaginiamo, in simili circostanze, siano stati originati dalla nostra mente la quale, con codesto espediente, tenti di distrarci ed alleggerire la tensione.

In effetti, il tentativo di distrazione dalle problematiche incombenti proviene effettivamente dalla nostra mente tuttavia, lo stesso intelletto, non potrebbe elaborarlo autonomamente se non fosse pianificato dall'energia racchiusa in ognuno di noi.

La suddetta energia, benché sussista in simbiosi con la soluzione fisica, si installa nell'intelletto e rimane, senza alcun dubbio, indipendente dal contenitore corporale.

In conseguenza di tale conclusione diventa possibile svincolare momentaneamente l'elemento materiale da quello etereo, cioè liberare la cosiddetta aura dal corpo fisico.

Mi resi conto dell'eventualità di disporre della facoltà di scindere i due costituenti e quindi ottenere la suddetta condizione, nel corso di una visione onirica capitatami durante una nottata molto agitata.

In quella notte fatidica faticai assai ad addormentarmi e quando finalmente raggiunsi l'auspicata tregua dalle frequenti insonnie che mi affliggevano, iniziò a comparirmi una visione particolare.

All'inizio non compresi fosse sogno o se magari fosse realtà riscontrata durante il dormiveglia.

Successivamente compresi fosse invece una premonizione.

I fatti si susseguirono in codesta maniera.

Mi trovai in cima ad un terrapieno dal quale dipartiva un sentiero in leggera discesa che conduceva al pianoro sottostante.

Guardai intensamente il livello pianeggiante nel quale rinverdiva la lussureggiante vegetazione.

Mi resi conto di sentirmi attratto dalla frescura e dall'ombrosità della natura e decisi di recarmi in quel luogo a rinfrescarmi.

Presi la rincorsa in discesa, procedendo velocemente per quel sentiero e scendere dall'altura quando, dopo aver compiuto alcuni passi, mi alzai nell'aria ed incominciai a volteggiare.

Una meravigliosa sensazioni di leggerezza e di benessere armonioso pervase la mia persona.

Dopo aver beneficiato di quella che intendo definire "la sublime perfezione" tentai altre volte di ripetere la stessa situazione, esperimentando, durante il dormiveglia, di prendere la rincorsa presso un percorso in discesa e riprovare a volteggiare.

Il tentativo di ottenere la medesima condizione, in maniera autonoma, non ottenne l'effetto desiderato.

Riuscii, invece, in altre circostanze a compiere l'incantevole ascesa, ma soltanto quando l'energia che dimora in me intese farmi provare le stesse meravigliose sensazioni.

Considerai fosse il suggerimento per procedere a schemi di sdoppiamento della propria persona.

Compresi, dunque, fosse possibile, se pur diversamente, realizzare il medesimo esperimento per riuscire a scindere la fisicità dall'aura energetica.

Provai e riprovai ad affinare la tecnica escogitata fino a quando ottenni il risultato desiderato.

Mi sdraiavo sul letto e ad occhi chiusi mi concentravo nel tentativo, tramite l'energia che mi accompagna, di liberare l'aura custodita in me affinché si librasse, elevandosi sopra il letto, distaccandosi dalla fisicità, al fine di conseguire la visualizzazione del mio corpo sdraiato al di sotto.

Dopo parecchi tentativi andati a vuoto, finalmente riuscii nell'intento auspicato.

L'energia aura prese il sopravvento sulla fisicità corporale.

Diventai la mia energia e vidi il mio corpo esamine sotto di me.

La prima volta ebbi timore di non potervi rientrare, giacché lo vidi completamene inerme, per cui rientrai immediatamente nel mio contenitore fisico.

Dopo quella prima volta altre seguirono lo stesso percorso e ben presto imparai a scindere ed a governare la materialità e l'energia, allontanandomi con l'aura e rientrando nei tempi previsti.

L'amico perduto

All'età di venticinque anni mi venne prospettata la possibilità di un impiego presso una cartotecnica situata in provincia di Milano.

L'azienda mostrava un eccellente profilo e fra le diverse mansioni dell'attività lavorativa computava all'incirca una quarantina di maestranze.

L'impiego che sarei andavo ad occupare era di mio gradimento, così come pure la retribuzione offertami.

Accettai quindi di buon grado di inserirmi in quel contesto lavorativo.

Mi trovai immediatamente a mio agio sia nel lavoro che con i colleghi.

Fra tutti, conobbi una persona in particolare con la quale diventammo veramente amici.

Di nome si chiamava Bruno.

Avevamo le stesse propensioni e provavamo gli stessi interessi.

Ci raccontavamo le avventure sentimentali, anche quelle personali che preferibilmente si mantengono segrete e le opinioni personali sulle realtà economiche e politiche del periodo, sulle quali ci trovavamo in unanime sintonia.

Eravamo in perfetta sintonia su ogni questione, come diversamente non avrebbe potuto mostrarsi se non incontrando due persone che avessero le medesime concezioni della vita ed in possesso di ideali assai similari.

Insomma, per farla breve, trascorremmo almeno una decina d'anni da veri ed autentici amici, condividendo le problematiche del lavoro e della vita in generale; nel bene e nel male.

Ad un certo punto avvenne un evento che modificò le strategie aziendali.

Il direttore generale che aveva operato con dedizione, accompagnando l'azienda a livelli ottimali, per volere degli azionisti, venne sostituito.

L'avvicendamento venne operato per motivi strategici ed a causa della politica aziendale.

A questo proposito è preferibile non illustrarne le vere motivazioni e non indagare oltre.

Quindi, su questo punto, meglio non inoltrarsi nei particolari.

Il novello direttore intese portare modifiche alle precedenti strategie, molte delle quali risultavano contrarie al buon funzionalmente delle operatività.

Essendo costui parente di un rilevante componente azionario, veniva sostenuto da quest'ultimo in tutto e per tutto quanto intese modificare.

Compresi che la politica aziendale veniva decisamente trasformata.

Le modifiche intendevano favorire l'entrata in società di alcuni famigliari dell'azionista di maggior valore, portare l'azienda ad un fatturato superiore, anche in contrapposizione con la reale capacità produttiva dei macchinari e delle maestranze, per giungere infine alla cessione della stessa ad un cifra superiore alla valutazione di mercato.

Sta di fatto che mi posi in contrapposizione con questo personaggio, contestando le sue innovazioni.

Continuando su codesta china arrivammo ad uno scontro gergale molto forte.

A motivo di questa circostanza, la direzione operò in maniera di isolarmi facendo pressione sulle persone che ritenevano fossero in consonanza con la mia stessa opinione.

In realtà effettuarono un'emarginazione vera e propria nei miei confronti.

Alcuni elementi della direzione conoscevano assai bene quanto l'amico Bruno mi appoggiasse ed avesse le mie stesse opinioni, perciò, per fare in modo che anch'esso mi voltasse le spalle, gli venne offerto il passaggio alla categoria superiore.

Bruno acconsentì alle richieste della direzione e divenne capo reparto produzione.

Alla prima occasione, durante la quale mi trovai faccia a faccia con lui, gli domandai per quale motivo si fosse comportato in un atteggiamento subdolo e sleale.

La risposta che con alterigia ebbe ad articolare, o forse per mascherare la vergogna dell'aver tradito la fiducia dell'amico, fu quella di affermare che quel treno transitava una sola volta nella vita e se non saliva fintanto che poteva, l'avrebbe perso per sempre.

Quella fu l'ultima occasione durante la quale ci confrontammo.

Ovviamente non mi rivolse più la parola e la nostra amicizia andò a concludersi miseramente.

Naturalmente, non avrei potuto restare a lavorare in quell'azienda con quei presupposti ed in men che non si dica trovai una soluzione diversa e me ne andai.

Con mio grande dispiacere non ebbi modo di incontrare, parlare, confrontarmi con colui che ritenevo fosse un vero grande amico il quale, nel momento in cui avrei avuto necessità del suo appoggio, si girò dall'altra parte.

Mi rammaricai molto dell'amicizia mancata.

Sovente mi si ripresentava tristemente nella mente la visione di quell'intesa ormai perduta.

Trascorsero altri anni; ognuno di noi percorse il proprio e diverso percorso esistenziale.

Nello scorrere del tempo conobbi, tramite conoscenti comuni, si fosse sposato, anche se in tarda età.

In realtà, come mi aveva confidato, aveva avuto diverse storie sentimentali importanti senza mai giungere al matrimonio.

Una situazione amorosa particolare lo legava ad una collega del posto di lavoro.

Costei era sposata e la loro relazione era nota solo a me, anche se altri colleghi lo avevano intuito.

A motivo di quest'ultimo rapporto affettivo ebbe a ritrarsi in ogni altra occasione sentimentale, evitando accuratamente di giungere ad una legittima unione.

Nel momento in cui Bruno giunse all'età pensionabile, quando gli venne offerta l'opportunità, abbandonò il posto di lavoro.

Concluse inevitabilmente la relazione con la collega, la quale, poiché anch'essa aveva ottenuto i termini indispensabili per accedere alla pensione, dovette ritirarsi in famiglia e di conseguenza non più disponibile a proseguire l'intrigo amoroso.

Venni a sapere, inoltre, che Bruno avesse iniziato a visitare nazioni estere con un'associazione culturale e proprio in una di quelle destinazioni conobbe la futura moglie.

La destinazione galeotta fu la Cina.

Per poterla visitare dignitosamente, almeno in parte, il tempo previsto di permanenza in quello stato venne calcolato in due settimane.

Bruno e la sua futura moglie si conobbero in quella circostanza ed avendo una buona intesa si sposarono.

Andò ad abitare nella casa della sposa, la quale risiedeva a Roma, sopratutto per allontanarsi e scordare la precedente relazione.

Oltre a queste notizie altro non venni a conoscenza.

Trascorsero altri anni nella completa inconsapevolezza delle sue imprese.

Poi sopravvenne un evento particolare che mi sorprese.

Nel dormiveglia di una notte accadde che trovai il Bruno seduto accanto a me.

Per qualche attimo ci guardammo.

Poi prese la parola chiedendomi se intendevamo che altri anni trascorressero senza parlarci.

Devo ammettere: mi rese felice la sorpresa e risposi che avrei voluto abbracciarlo.

"Perché non lo fai!" rispose.

Ci abbracciamo e pacificammo i nostri spiriti.

Come si era presentato, in un attimo scomparve.

Guardai l'ora: erano le quattro e venti.

Il giorno successivo trovai il numero telefonico della sua abitazione nella rubrica di Roma.

Telefonai per informarmi della salute del perduto amico.

Dissero che era deceduto quella notte, alle quattro e venti.

Chi venne a salutarmi ed a trovare la pace era stato il suo spirito.

Dovete sapere che vien concesso, a coloro che abbandonano le spoglie corporali, se mai lo volessero e prima di inserirsi nella dimensione superiore, di potersi recare a salutare un essere mortale.

Bruno venne da me tramite la sua energia, non solo per salutarmi ma per trovare la pacificazione dello spirito.

I treni

Improvvisamente, senza alcun preavviso, dal sonno profondo accedo ad una condizione di dormiveglia.

Sento la mia energia separarsi dal corpo ed elevarsi sopra ad esso per rimanervi alcuni secondi a rimirare me stesso.

In un attimo vengo allontanato dalla mia abitazione.

Il viaggio in astrale mi conduce in un luogo desolato e freddo.

Nessuna entità mi rivolge la parola e neppure mi concede la facoltà di comprendere quali siano le motivazioni e le finalità del viaggio in questione.

Quando questo accade significa che le entità superiori desiderano farmi conoscere alcuni accadimenti in divenire e farmi provare le stesse sensazioni che verificherà la persona nel corso degli eventi che verranno a verificarsi.

A questo punto mi corre l'obbligo assicurare l'impossibilità dell'energia astrale di inserirsi o di prendere possesso di un qualsiasi corpo estraneo se non rientrare nel proprio originario.

L'energia astrale prende parte alle vicende che vogliono farmi conoscere come fosse la persona indicata senza tuttavia esserlo.

Questo per precisare che non esistono in nessun modo possessioni di persone da parte di chicchessia.

Comunque, dopo questa necessaria delucidazione, proseguiamo nel racconto.

Mi trovo seduto sopra un calesse trainato da un ossuto ronzino baio, insieme ad altre due donne.

Il conducente, seduto a cassetta, porta la barba lunga ed incolta e si ripara la testa con un cappellaccio imbastito unitamente con le pelli di chissà quali animali.

È tutto quanto posso intravedere di lui.

Le due donne sedute accanto a me sembrano avere vent'anni o poco più.

Sono vestite con strani abiti, completamente scuri e lunghi alla caviglia.

Guardo il mio abbigliamento e mi ritrovo ad essere vestito alla stessa loro maniera.

Anzi, di più, in questo viaggio sono anch'io una donna.

Sono una di loro, anche se non comprendo chi esse siano.

Naturalmente, nella stessa misura in cui colei con la quale vengo identificato pensa, agisce e riscontra, anch'io esamino le sue stesse sensazioni e mi trovo ad essere donna a tutti gli effetti.

Questa situazione si protrarrà per il lasso di tempo durante il quale mi rivelerò in codesta situazione.

Ad una strana esortazione gutturale del conducente, il calesse si ferma e senza profferire verbo scendiamo tutte e tre, mentre il calesse, lentamente, realizzando una conversione di centottanta gradi, si riallontana dirigendosi in senso contrario dalla quale siamo arrivate.

Il vento gelido che giunge dal nord sferza il volto.

Di fronte a noi scorgiamo una stazione ferroviaria.

Anzi, per meglio dire, la stazione risulta essere semplicemente una fermata ferroviaria a fianco della quale è stata eretta una sorta di casupola malandata, senza nessun addetto che la governi.

Non riesco a comprendere in quale luogo mi trovi benché sia sicura di essere già stata in questa località, tuttavia non ricordo come e quando.

Il treno sul quale dobbiamo salire sta per entrare in stazione.

Siamo giunte a tempo debito per salirvi senza attenderlo, in maniera di non farci notare.

Tentiamo di correre celermente per non perderlo, benché le lunghe vesti rallentino la corsa.

Saliamo sul treno dividendoci ed entrando ognuna in carrozze diverse.

A quel punto mi viene da considerare fosse tutto previsto e preordinato, tanto è vero che ognuna di noi conosce bene ciò che deve fare e come deve comportarsi, pur senza averci rivolto la parola.

Le vetture ferroviarie vengono distaccate di proposito, le une dalle altre, per differenziare le partenze e le destinazioni.

Il convoglio sul quale sono salita parte all'istante, mentre le carrozze sulle quali sono salite le altre due donne partiranno in tempi diverse e per altre destinazioni.

Il convoglio ferroviario prende una velocità assai accelerata.

Le persone che viaggiano sul mio stesso vagone parlano una lingua sconosciuta.

La maggior parte di loro sono di genere femminile.

Anche loro vestono abiti lunghi e scuri.

D'un tratto, l'entità che mi ha portato in questo luogo, per farmi comprendere i discorsi che vengono fatti, mi concede l'opportunità di comprendere quanto affermano.

Sono persone che stanno recandosi al lavoro.

Parlano delle attività domestiche e degli affetti famigliari.

Quasi tutte hanno dei figli, ma non tutte sono sposate.

Le nubili si ritengono più fortunate poiché quelle che hanno un compagno individuano nell'uomo l'indole violenta da ubriacone e senza voglia di lavorare.

Non passa molto tempo che il treno rallenta la corsa per poi fermarsi completamente.

Sono giunta dove dovevo arrivare.

Scendo e salgo su un'altra carrozza.

Non si tratta di un altro treno, ma una malandata corriera.

E' una corriera stracarica di gente che non trova neppure posto a sedere.

Sono molto impacciata dal momento che sento di avere cose strane sotto gli abiti.

Chiudo gli occhi per pochi attimi.

Comprendo quale sia il mio incarico da portare a termine e tremo.

La sensazione che provo è di paura.

Sento la vita scorrere troppo in fretta.

Il cuore prende a battere ad un ritmo inusuale.

Mi chiedo chi sia la persona che interpreto con la quale sono stato immedesimato nel tempo a venire e per quale motivo, l'infelice, debba compiere un atto di tale drammaticità in questo mezzo così affollato.

Sarà stata costretta a compiere ciò che intende portare a termine od è stata una sua decisione?

Mi trovo sicuramente nel futuro poiché le cose e le persone non si vedono ben distinte come quando sono nel presente o mi trasportano nel passato.

Si libera un posto a sedere e lo occupo immediatamente.

La calca risulta inverosimile.

Le persone si spingono, sgomitano, chiedono spazio.

Chi mi sta intorno mi osserva con meraviglia.

Sono bella, sono giovane.

Molti si ricorderanno di me anche se non sanno chi io sia.

Sono ferma nei loro pensieri e la mia figura rimarrà fissata nella loro mente.

Penso gli stessi pensieri che corrono nelle mente di colei che vivrà questa tragedia.

No; non posso essere portatrice di sventura!

Come può chi da la vita portare anche la morte.

Sento fortemente il desiderio di libertà.

Vorrei scongiurare il verificarsi dell'evento.

Il ripensamento è tardivo; non mi è possibile retrocedere dalle decisioni prese.

Il mio respiro per un attimo si ferma.

Per trovare il coraggio e non desistere dalla risoluzione dell'impegno assunto mi hanno fornito della stessa pastiglia fattami ingurgitare alla partenza.

La metto in bocca e tento faticosamente di ingoiarla.

Finalmente riesco a deglutirla.

Passano pochi attimi e l'effetto dello stupefacente mi rende forte, invincibile, euforica.

La droga mi trasmette la certezza di uscirne indenne.

Ecco, è giunto il momento.

Strappo la levetta nella maniera in cui sono stata istruita.

La potente esplosione lacera l'aria e frantuma la malmessa corriera.

Ciò che doveva succedere succede.

I superstiti corrono impauriti tra le fiamme e l'acre odore del fumo che nasconde l'accaduto.

Sento in lontananze il suono di sirene.

Colei con la quale sono stato posto in interconnessione futura si è persa in mille frantumi.

L'entità che ha inteso farmi conoscere gli eventi futuri, ai quali mi ha voluto far partecipare, non perde tempo e mi riconduce a casa, nello stesso modo con il quale mi sono allontanato

Ritorno nella mia stanza e trovo il mio corpo coricato nel letto.

Immediatamente rientro con l'energia astrale fisicamente in me stesso.

Una indicibile sensazione di impotenza subentra nel mio pensiero.

Benché sia stato presente, purtroppo solo in astrale e quindi impossibilitato ad intervenire, niente mi era possibile concretizzare per evitare il verificarsi di tale carneficina.

La stessa tragedia verrà certamente compiuta anche dalle altre due donne.

L'impossibilità di modificare gli eventi in divenire mi procura un senso di grande impotenza.

La certezza che mi è dato conoscere è la partenza di tante persone per un mondo migliore.

E' stato un viaggio di breve durata.

Non sono stato in grado di comprendere dove in realtà sia stato portato in veste di donna e quale sia il motivo per il quale verrà compiuto l'attentato.

Ciò che posso assicurare, insieme alla comprensione di alcuni avvenimenti, mi inducono a ritenere vengano utilizzate donne e bambini per compiere atti terroristici.

Coloro che persuadono questi poveretti, dopo che nella loro mente viene eseguito il lavaggio del cervello ed inculcato la giustezza di effettuare simili atti terroristici, affermano sia indispensabile eseguirli per motivi religiosi.

In realtà le finalità sono semplicemente volte ad interessi economici in ordine ai mandanti.

Chissà se mai verrà il giorno in cui, in questa povera Terra, i potenti che la governano riusciranno ad accordarsi e giungere infine alla pacificazione definitiva in tutte le nazioni!

Indipendentemente dalle finalità economiche e finanziarie!

Foibe e campi di sterminio

Come dichiarato in precedenza, in talune occasioni capita si presentino ai piedi del letto le fisionomie di coloro che sono stati dell'umana specie e che ora più non sono.

L'intento di farsi vedere e riconoscere, viene finalizzato all'aspirazione di comunicare, a coloro che sono in grado di distinguere i volti e percepire le voci, i messaggi provenienti dalla dimensione superiore.

Può capitare che aspirino a descrivere le motivazioni e la particolarità della loro dipartita od anche, semplicemente, per comunicare eventi che li hanno visti protagonisti.

Nel caso in questione la presenza di colui che vengo a descrivere si è ripetuta in più occasioni.

Prima ancora di addormentarmi, mentre la distensione del corpo ritrovava il giusto rilassamento, sovente costui si proponeva.

In altre occasioni l'ho ritrovato ad attendermi ai piedi del letto, in attesa del mio arrivo.

In ognuna delle succitate circostanze, lo notavo guardarmi in maniera tale da destare commozione.

L'espressione palesata sul suo volto esprimeva un'indicibile sofferenza.

Pur senza che avesse proferito verbo, nonostante fossi all'oscuro di quale potesse essere la ragione per la quale manifestava evidenti indicazioni dei patimenti subiti, provavo lo stesso suo sentimento di afflizione.

In conseguenza del consolidarsi di simili emozioni, trasmesse esclusivamente visivamente osservando la sua fisiognomica, un groviglio di turbamenti mettevano sottosopra il mio turbamento, mentre gli occhi mi si inumidivano di pianto.

Sono ormai diverse notti che si presenta senza dire niente e ad occasione un nodo mi stringe la gola.

La sua presenza mi rattrista; sento e provo con lui la sua stessa intensa sofferenza.

L'incapacità di provvedere in qualche modo a mitigare le sue pene mi fa sentire inutile.

Con ogni probabilità, si è presentato rimanendo in attesa che gli venisse concesso il benestare per poter interloquire con me.

Trascorso qualche tempo, durante il quale la sua presenza si era ripetuta più volte, alcune entità della dimensione sovrastante, a me sconosciuta, decise fosse giunto il momento appropriato per soddisfare le sue richiesta e poterlo quindi accontentare.

Fortunatamente per lui e malauguratamente per me, poiché sono stato testimone di scempi indescrivibili, vengo condotto, tramite la mia energia, o aura che dir si voglia, nel luogo in cui l'assiduo mostrarsi della presenza in questione intende accompagnarmi, per rendermi noto delle avversità patite.

Il viaggio è stato fisicamente devastante.

Mi hanno portato a visitare le foibe.

Sapevo fossero delle caverne sotterranee ma non immaginavo ci fosse molta acqua sul fondo.

In quell'ambiente lugubre le energie dei deceduti sostano accanto ai numerosi corpi devastati.

I poveri resti sono legati fra loro con fili di ferro come fossero una cordata.

Ad ogni gruppo è stato legato un masso di notevoli dimensioni.

Colui che si affacciava ai piedi del mio letto risulta essere uno di quei poveretti.

E' partito per l'altra dimensione annegando con un grande masso legato al collo.

I componenti della sua famiglia sono annegati anch'essi, legati in cordata insieme a lui.

La loro è stata una morte orribile.

Vengo successivamente accompagnato ad un campo di concentramento.

Il luogo è la risiera di San Sabba.

Essendo una risaia dovrebbe trattarsi della zona settentrionale.

Non immaginavo esistessero campi di sterminio anche in Italia.

L'entità di nome Pietro mi accompagna avanti ed indietro dalle foibe alla risiera e viceversa.

Intende farmi considerare quanto gli esseri umani sanno essere spietati da entrambe le parti.

Vuole farmi rivivere i momenti salienti delle inutili e crudeli carneficina.

I prigionieri vengono rinchiusi in spazi angusti, legati con il filo di ferro che incide profondamente lasciando il segno nelle carni sanguinanti, al quale viene legato un masso.

Trasportati in fila sull'argine di un precipizio delle foibe e fucilati sul posto.

I colpi di fucile e di pistole colpiscono il capocordata senza che debbano essere mortali.

Gli assassini mirano alle gambe, alle braccia ed a parti del corpo non letali, sparando con divertimento come fossero in fiera e facessero fuoco al tiro a segno.

Il divertimento immondo consiste nel ferire il capocordata, senza ammazzarlo, fino a quando, impossibilitato a rimanere in piedi, cede crollando nel precipizio

Colui che viene ferito cade trascinando con se anche chi non è stato colpito, mentre le risate immonde di uomini senza fede echeggiano lugubri.

Il mio accompagnatore afferma di chiamarsi Pietro Ticina.

Dichiara di essere stato giustiziato nel mese di Gennaio, nei pressi di Zara, con tutta la sua famiglia.

Giustiziato risulta essere un termine impreciso poiché sarebbe giusto formulare assassinato.

E' la prima volta che un'entità si manifesta con me in termini così determinanti.

Spostandoci, ravviso cartelli con nomi difficili da ricordare.

Mi dicono di non preoccuparmi poiché ricorderò ciò che devo ricordare.

Villa Surani, Gimino, Mocodrovo, Oblogo, Cozie, Gonars, Rab, Sdraussina, Breg, Pako, Goricica.

Foibe, campi di concentramento, rastrellamenti, crudeltà, spietatezza e stermini.

Nel corso delle visite in quei luoghi di orrore e di sterminio, si presenta l'entità chiamata Elda.

Dichiara di essere stata giustiziata con l'accusa di spia.

Afferma che vorrebbe parlarmi, poiché ha molte cose da dire.

Chi mi protegge asserisce sia giungo il momento di tornare.

Il tempo del viaggio si è protratto oltre misura e non è possibile restare ad ascoltare.

Sono allibito per aver assistito a tanta brutalità.

Un dolore immenso ha devastato, abbattuto ed imbruttito il mio modo di pensare ed il giudizio sull'umanità.

Mi chiedo come sia possibile possano avvenire simili, inutili ed assurde violenze verso altri esseri.

Umanità dovrebbe intendere bontà del genere umano, appunto perche trattasi dell'umana specie.

Anche questo risulta essere un termine imperfetto da usare per la specie animale del genere umano.

La stazione

Prima di raccontare la vicenda che seguirà desidero precisare alcune circostanze che all'apparenza potrebbero apparire inspiegabili.

Come affermato in più occasioni niente si distrugge ma tutto si trasforma.

Così come pure il nostro corpo.

Nel momento in cui il contenitore umano, il quale ci permette di vivere l'esistenza terrena, viene a deperire, sia per usura temporale o per qualsiasi altra motivazione e conseguentemente abbandona questa vita, l'energia corporale accumulata si distanzia dal corpo ed inizia il suo percorso verso l'esistenza superiore.

La suddetta energia è la stessa che permette di dislocarsi in astrale per il tempo necessario per effettuare un viaggio e rientrare giusto in tempo per fare in modo che il corpo lasciato in precedenza non debba abbandonarsi completamente.

In talune circostanze capita, pur senza averne l'intenzione, poco prima di abbandonarmi al sonno, che la mia energia abbandoni la materia per un tempo limite e mi faccia analizzare le percezioni di alcuni avvenimenti per poter testimoniare gli accadimenti provati.

Ed ecco dunque quanto ho vissuto tramite la mia energia questa notte.

Il percorso realizzato è stato veramente molto stravagante.

Al risveglio mi sono trovato con il polso destro segnato da strisce rossastre.

Le cose sono andate in questo modo.

All'improvviso, senza nessun avvertimento preventivo, mi trovo fuori dal corpo.

In questo viaggio sono solo, nessuna guida energetica mi accompagna.

Proprio da qui iniziano le vicende da percorrere per tentare di comprenderle.

Di fronte a me scorgo ciò che pare sia la facciata di una casa.

Una voce, fra le persone che vanno e vengono, afferma si tratti dell'entrata di una stazione antica.

In effetti è molto bella.

La facciata esterna presenta grandi statue posizionate all'interno di una rientranza.

Tuttavia, per essere una stazione ferroviaria, sembra essere troppo piccola.

In posizione sovrastante si notano larghi e lunghi cilindri che sembrano ascensori.

Ci sono molte persone vestite elegantemente che entrano ed escono.

Li sento parlare nominando la stazione.

Ma come può essere una stazione se non ci sono treni.

Nell'edificio sono presenti quattro ascensori di forma rotonda che salgono ai piani superiori della costruzione.

Entro nell'immobile avendo consapevolezza di portare una valigetta nella mano destra.

Una catenella la tiene legata al polso in maniera troppo stretta.

Il braccio è segnato e cerco inutilmente di liberarmi per alleviare il dolore.

Sono insieme ad altri due uomini i quali portano anch'essi una valigetta simile.

Tuttavia mi rendo conto che la loro non sia agganciata al polso come la mia.

Si dirigono verso il bancone dove uno di loro deposita la sua valigetta.

L'altro si dirige verso l'uscita e con noncuranza deposita l'altra valigetta accanto alla porta blindata.

Dopo aver depositato la mercede in loro possesso, entrambi escono e si allontanano.

Io devo restare nel salone e non ne capisco la motivazione.

La valigetta in mio possesso rimane ben ancorata al polso destro.

Mi guardo attorno sia all'interno che all'esterno ma non vedo treni.

Ci sono una serie di mobili ed il bancone come si trattasse di uffici o di una banca.

Mi domando perché la chiamino stazione!

D'un tratto mi sovviene di ricordare che il nome di colui che impersono si chiami Franco.

Tuttavia non capisco quale sia il mio compito e cosa debba fare.

All'improvviso un fragore intenso squarcia il silenzio.

Si odono urla, gemiti, richieste di aiuto.

Nell'ambiente affollato la polvere prodottasi dagli scoppi ha oscurato la visuale e si respira a fatica.

La mia energia abbandona il corpo di Franco e si solleva al di sopra delle umani meschinità.

Si sente nell'aria un strano odore di carne bruciata.

Il viaggio di cui non riscontro il senso termina all'improvviso.

Non sono consapevole se l'evento vissuto riguardi il presente, il passato od il futuro.

Diversamente dal solito i ricordi non sono precisi e le persone non appaiono chiaramente.

L'unica certezza rimane la forte esplosione sentita.

Ed i segni realmente rimasti sul mio polso destro.

Messico

Durante la calda estate di un anno ormai lontano decisi di andare a fare le ferie in Messico e precisamente nella penisola dello Yucatan.

Il tour operator italiano che gestiva il villaggio turistico, posizionato sulla magnifica spiaggia del mar dei caraibi, offriva un prezzo oltremodo interessante a coloro che intendessero prenotare ed avessero deciso di affrontare l'incognita delle eventuali tempeste cicloniche previste in quella stagione.

Prenotai, senza indugio, indifferente delle eventuali tempeste tropicali che potessero aver luogo ed a tempo debito, seguente le indicazioni degli operatori, partii per la destinazione programmata.

Giunsi nella penisola dello Yucatan poco dopo che il ciclone previsto era passato lasciando una scia di devastazioni in gran parte della costa senza, fortunatamente, spingersi fino al villaggio turistico.

Nel periodo durante il quale rimasi al villaggio non ebbero a verificarsi altri fenomeni atmosferici di tale intensità e di conseguenze disposi della facoltà di beneficiare delle bellezze del luogo in tutta tranquillità.

A motivo dello sconto eccezionale, praticato in quella circostanza, molti turisti provenienti esclusivamente dall'Italia, approfittarono dell'occasione per farsi una bella vacanza nello splendido mar dei caraibi.

Per farla breve, il villaggio turistico, con la pratica dello riduzione sul prezzo, aveva ottenuto la saturazione dell'intera area e l'occupazione della totalità degli alloggi.

Ogni fine settimana decine di persone, finito il periodo programmato, rientravano in Italia, mentre un egual numero di villeggianti giungeva a prendere il posto lasciato libero dai partenti.

Un nutrito gruppo giungeva al sabato ed nello stesso giorno un egual numero di villeggianti partiva per il rientro in Italia.

Avendo prenotato per quindici giorni, al sabato di mezzo delle mie vacanze mi trovai nel villaggio turistico nel momento in cui i partenti preparavano i bagagli e gli animatori si apprestavano a ricevere le frotte dei nuovi arrivati.

Quel giorno me ne stavo sdraiato tranquillamente a sorbire un bibita rinfrescante, ben accomodato sotto un ombrellone per ripararmi dal solleone e difendermi dalla calura, quando l'altoparlante del villaggio iniziò ad echeggiare per le spiagge e per l'intero campo scombussolando la quiete conquistata dai vacanzieri.

La richiesta trasmessa dalla direzione invitava urgentemente, nel caso in cui fosse presente un medico od un paramedico fra i villeggianti, l'eventuale sanitario in questione a recarsi immediatamente nel soggiorno d'ingresso e delle partenze.

Il medico di stanza al villaggio, come ebbi modi di appurare successivamente, pare fosse assente poiché incaricato di scortare la comitiva diretta in visita alla città maya di Chichén Itzá.

Sovente capitava, fra coloro che decidevano di recarsi in quel luogo, ci fossero persone che accusavano malori passeggeri causati dal gran caldo, girovagando per le rovine antiche.

Trascorsi pochi minuti, palese non si fosse presentato nessuno, la voce dell'altoparlante si diffuse nuovamente propagando la stessa richiesta precedente, ma con maggior urgenza.

Passarono ancora altri minuti, ovvero il tempo necessario che l'eventuale sanitario disponibile potesse raggiungere l'ingresso, che si rinnova per il villaggio turistico la voce allarmata del microfonista il quale, tramite l'altoparlante, invita con urgenza l'eventuale medico a presentarsi.

A quel punto, risultando lapalissiano non ci fossero medici, o paramedici presenti al villaggio, o che comunque nessuno di costoro intendesse presentarsi, provai la strana sensazione fosse mio dovere recarmi in quel luogo dove la richiesta di un sanitario diventava pressante e drammatica.

Mi incamminai a passo spedito e giunto nell'atrio notai immediatamente un nugolo di persone attorniare una panchina sulla quale si trovava un uomo sdraiato, privo di sensi.

Lo riconobbi.

Era la stessa persona che nel corso della settimana di permanenza aveva voluto proporsi al karaoke del teatro del villaggio, con malcelata maestria.

Non avrà avuto più di trent'anni, tuttavia, il pallore che mostrava sul viso in quel mentre, lo paragonava a persona molto più anziana.

Intervenni risoluto e senza alcun timore, come fossi sospinto da una forza misteriosa che guidasse le mie mosse.

Mi feci largo fra la calca di curiosi, ingiungendo loro di spostarsi e lasciare che il poveretto potesse prendere aria ed iniziasse a respirare meglio.

Immediatamente fecero largo rimanendo comunque in posizione per non perdere la scena.

Qualcuno, forse un amico di colui che privo di sensi non riusciva a riaversi, mi chiese fossi un medico.

Risposi solamente di no, senza dare importanza alla domanda e neppure alla risposta.

Mi avvicinai senza indugio all'esanime e posi la mio mano destra sul suo cuore.

Sentii la necessità di muovere la mano in un lieve e quasi impercettibile movimento sussultorio che avesse la frequenza di un secondo fra una pressione e l'altra.

Continuai a praticare la leggera pressione ed a mantenere la mia mano sul suo cuore fino a quando, qualche minuto dopo, il poveretto iniziò a riprendere il colorito normale ed a riaversi.

Quando lo vidi rinvenuto in maniera definitiva, smisi di praticare ciò che stavo facendo.

Il giovanotto si trovava nell'atrio delle partenze poiché era in procinto di rientrare in Italia.

Riavutosi dallo stato confusionale, mi osservò stralunato.

Le uniche parole che mi rivolse furono le richieste di come avrebbe dovuto regolarsi e se avesse potuto prendere l'aereo regolarmente o se le condizioni nelle quali si era trovato lo sconsigliavano.

Poiché il volo di ritorno era programmato due ore dopo quella circostanza affermai potesse prenderlo tranquillamente e nel frattempo bere qualcosa di caldo e ristorarsi.

Nel modo con il quale giunsi nel soggiorno d'ingresso e delle partenze, nel luogo in cui si trovava il giovane con la perdita dei sensi, nello stesso modo me ne ritornai verso l'arenile.

Coricatomi nella stessa posizione assunta prima di allontanarmi dalla spiaggia, restai a pensare al mio comportamento, alla stranezza di essere intervenuto con cognizione di causa senza provare alcun imbarazzo per ciò che stavo facendo.

Per quanto ebbi modo di capire, secondo il mio giudizio, posso affermare che quell'uomo aveva il palpito cardiaco che batteva a meno di quindici pulsazioni ed era pressoché impercettibile.

Il motivo per il quale quel malore avesse potuto averlo ridotto in quei termini proprio non lo so dire.

Successivamente al mio intervento nessuno mi chiese niente e nemmeno venni ringraziato.

D'altro canto non ero io colui al quale avrebbero dovuto esprimere riconoscenza.

La ragione per la quale abbia dovuto intervenite in mancanza di alternative era di certo per salvare una persona.

Altro non posso aggiungere.

La casa bianca

L'entità, o l'angelo custode che mi protegge, viene destinato ad essere anche la mia guida in questo viaggio.

Quando, dalla dimensione superiore viene attestata l'importanza di trasmettere la conoscenza di taluni episodi, l'essenza che ci guida, accompagna diligentemente l'energia aura in custodia seguendo lo schema delle indicazioni programmate.

D'altro canto non potrebbe comportarsi diversamente poiché è così che funziona.

Solo nel caso in cui la persona custodita dichiari la volontà di estraniarsi da qualsiasi contiguità con le entità che si ergono alla sua salvaguardia, le stesse eviteranno di proporsi.

Malgrado ciò, continueranno a custodire, suggerire e ad assistere il loro protetto, se pur silenziosamente.

In eventi similari, coloro che ci proteggono, rimarrebbero comunque accanto a noi, senza presentarsi ed operando in maniera che nessun'altra entità estranea debba interferire senza averne il consenso.

Precisazioni necessarie per completare alcune informazioni inderogabili nel corso di viaggi particolarmente difficoltosi.

Naturalmente, le mie intenzioni sono quelle di accettare l'aiuto e la presenza delle entità che mi difendono e mi proteggono.

Ma procediamo con il resoconto della vicenda in questione.

La mia guida afferma sia giunto il tempo di partire, senza alcun timore, poiché mi protegge.

Il percorso che conduce a destinazione si trova in salita.

Ai lati della strada si riconoscono piante, cespugli e fiori indefinibili.

Il buio fitto non consente una corretta distinzione.

Una casa bianca, grande, antica, risalta nel buio della notte.

Il giardino è ben curato ed il parco viene delimitato da un muretto neanche troppo alto.

Si ode chiaramente il rumore del mare ed il frangersi dei marosi che si estinguono sugli scogli sottostanti.

Guardando sul fondo ed in lontananza si notano alcuni bagliori; sicuramente chiarori di natanti.

L'abitazione signorile è veramente bella, elegante e ricca di arredi al suo interno.

La camera al piano superiore, nella quale mi trovo in questo momento, è stupefacente.

Nella cabina armadio si trovano abiti eleganti, molte scarpe, diverse borse firmate e stupendi gioielli nel portagioie aperto.

Un uomo dalla carnagione scura cammina nervosamente in quella stessa camera.

Perlustra nei cassetti, rivolta biancheria intima lussuosa, sposta articoli e pizzi di seta e di raso.

Nel bagno attiguo una donna rovista nell'armadietto dei medicinali.

Prende un flacone e lo porge all'altra donna che si trova distesa sul letto.

Quest'ultima, una bella donna dai capelli biondi, pur apparendo in grande affanno, prende le pillole e le ingurgita bevendo insieme un bicchierino di liquore dal colore ambrato.

Accanto al letto si trovano un paio di ciabattine delicate, di colore bianco, con un piccolo tacco.

Le due donne scendono al piano terra ed entrano nel salottino, dotato di arredamento in vimini, nel quale si trova un tappeto prezioso, poltroncine, un divanetto ed un tavolino.

Alcune riviste abbandonate con noncuranza stridono con l'eleganza della casa.

La donna bionda che ha preso le pillole esce in giardino dalla portafinestra del salottino.

Nel frattempo la luna è spuntata da dietro al monte e la sua luce bianca rischiara ed allunga le ombre della notte.

Al novello chiarore vedo la donna traballare come fosse in stato di intontimento.

La camicia da notte indossata risplende coi suoi movimenti da farla apparire come un fantasma.

La stessa donna che si trovava in precedenza al piano superiore a perlustrare nell'armadietto dei medicinali le si avvicina e le porge altre pastiglie della stessa sostanza, insieme ad un bicchiere pieno del liquido ambrato simile al precedente.

Lei ingoia le compresse e per ingurgitarle meglio beve il bicchiere che le porge.

In quel mentre, inizio a provare le stesse sensazioni della sconosciuta come fossi lei stessa.

Sento un bruciore intenso e per me sconosciuto che passando dalla gola arriva allo stomaco.

Mi trovo in fondo al giardino, in prossimità del muretto che delimita la proprietà, oltre al quale si apre il vuoto a strapiombo sul mare.

Salgo sul muretto e guardo verso il basso.

Vedo cespugli lungo la parete e scogli sul fondo che vengono coperti e scoperti dall'avanzare e dal ritornare delle onde il cui frantumarsi produce un rumore che giunge fioco diventando mano a mano più fragoroso.

Arriva silenziosamente alle mie spalle l'uomo dalla carnagione scura che parla, parla, parla, tuttavia le sue parole non arrivano.

La signora bionda risulta essere me.

Chiede aiuto, la sua presenza è dolorosa.

La mia guida mi parla con pacatezza, rassicurandomi.

Provo una sensazione di vera paura.

Mi trovo in equilibrio precario sul muretto a strapiombo sul mare.

L'uomo continua a parlare ed ora lo sento affermare che non devo avere timori.

Aggiunge con voce pacata di non volermi fare del male; tuttavia il suo sguardo dice altrimenti.

Il muretto non è molto largo.

Non trovo via di scampo.

Con un salto ridiscendo in giardino graffiandomi le gambe ed affondando nel terreno morbido con le mie bellissime ciabattine bianche.

Lui mi prende i polsi e li stringe con estrema durezza mentre continua a sogghignare.

Vedo in lontananza tutte le luci della casa accese come fosse in corso una festa.

Trovo la forza per svincolarmi dalla stretta dolorosa e lui, per non lasciarmi andare, mi prende per i capelli.

Li tira con forza procurandomi un dolore tremendo ed appena riesco a liberarmi ritorno sul muretto per sfuggire alla sua furia.

Lui mi segue e salta sul muretto nello stesso punto nel quale mi trovo.

La sua presenza sulla stessa piccola base dello stretto muricciolo impedisce la partecipazione di entrambi.

Non mi riesce di trovare la stabilità.

Perdo l'equilibrio e cado a testa in giù.

Sbatto sopra gli scogli, ma non è subito la fine.

Il contatto con il mare è immediato.

L'acqua mi soffoca.

E' una sensazione indescrivibile la morte, tuttavia non è la mia.

D'un tratto sento una voce.

"Ciao, mi chiamo Agu."

Mi sveglio nel mio letto con forti dolori ai polsi e la pesantezza alla testa.

Ma tu Agu chi sei, o meglio dire chi eri?

Questa volta i ricordi sono chiari.

Mi chiedo quali siano le motivazioni per le quale i miei viaggi nell'altra dimensione vengano indirizzati quasi esclusivamente verso eventi funesti e dolorosi.

Il timore di confusione è rilevante poiché ritornare subito alla normalità risulta complicato.

Per qualche minuto rimango in una sorta di confusione, ma è solo questione di attimi.

Tornato alla perfetta lucidità, comprendo abbiano inteso farmi comprendere le vicende di alcuni eventi e la sofferenza provata dalla povera vittima colpita da tanta malvagità.

A volte valuto se valesse la pena denunciare alcuni accadimenti vissuti in astrale per prevenire eventuali misfatti.

Pur tuttavia, non sempre capisco se gli episodi ai quali partecipo hanno già avuto luogo, o stanno per avvenire, o sono in divenire.

E poi; cosa dovrei raccontare!

L'isola

Dalla posizione sovrastante dalla quale mi trovo comprendo che il viaggio mi porti verso l'isola che scorgo in lontananza.
In effetti quel territorio isolato risulta comparire la destinazione.
L'isola è molto piccola, circondata dal mare pulito e cristallino.
La temperatura ideale e costante si aggira attorno ai trenta gradi.
Gli isolani non indossano vesti, sono completamente nudi.
Si muovono per il territorio con normalità ed in completa libertà.
Non provano alcun disagio per questa ragione e mi rendo conto di quanto i loro pensieri siano scevri da ogni forma di malizia.
Stanno accogliendo festosamente l'inizio della primavera.
Suonano una musica ritmata utilizzando prevalentemente la percussione di segmenti di tronchi svuotati internamente, accompagnati dal suono di una serie di zufoli annodati insieme i quali emettono suoni dalla dissimile tonalità motivata dalla differente lunghezza.
Cantano allegramente, ballano e sono felici.
Nel proseguo della ricorrenza si accoppiano con naturalezza, senza nascondersi; allo stesso modo degli altri animali.
Compiono l'istinto naturale dell'atto della procreazione facendolo senza nessuna vergogna, in modo semplice e pulito; esenti da quella morbosità subdola ed elaborata adottata in gran parte dall'odierna umanità.
Mentre prendo atto degli usi e costumi di questa popolazione divento anch'io uno di loro, senza vergognarmi della mia nudità.
Mi ritrovo a danzare e cantare insieme ai nativi.
L'esuberante euforia della festa rallegra l'intera comunità, concedendo un'inaspettata soddisfazione.
Improvvisamente, sento giungere in lontananza un rombo strano; mai udito in precedenza.
Non capisco quale motivo possa averlo determinato.
L'armoniosa cadenza musicale copre il rumore proveniente dal mare e dell'inconsueto rimbombo non ci si pensa più.
Continuo a danzare insieme alla collettività, al tempo di un ritmo assai stravagante, con passi sempre uguali e mi sento effettivamente libero e felice.

La musica infonde sensazioni di euforia e leggerezza dell'essere.
Trascorrono solamente pochi istanti ed il fragore rombante, in avvicinamento, s'ode aumentare d'intensità.
Ora riesco ad udirlo chiaramente tutti gli abitanti dell'isola.
La solenne ricorrenza si arresta all'istante.
Alcuni uomini si dirigono verso la spiaggia.
Altri si affrettano verso l'interno.
Coloro che si erano diretti alla spiaggia ritornano correndo ed urlando dettano ordini.
Le donne prendono in braccio i bambini più piccoli e corrono a loro volta verso l'interno.
La terribile onda dello tsunami arriva altissima a devastare la vita della piccola comunità.
Acquietato il fragore, l'acqua marina lentamente si ritira ed appare l'effettiva catastrofe.
Il ristagno risalta il disastro compiuto dal furore dello tsunami.
Molti uomini, donne e bambini che fino a pochi attimi primi gioivano della loro esistenza, non erano più.
Numerosi poveri animali non hanno trovato neppure il tempo ed il luogo per sottrarsi alla furia dell'onda.
Oggetti e suppellettili si scorgono sparsi per ogni dove, mentre le povere capanne risultano completamente distrutte.
Mi ritrovo con alcune persone in cima ad una piccola altura situata all'interno dell'isola.
Siamo i pochi superstiti scampati dalla furia dell'onda anomala.
Osservo la spianata circostante e scorgo la rimanente coltre d'acqua stagnante ricoprire ogni cosa.
Sarà forse la fine di questa bellissima isola?
I superstiti saranno ancora in grado di renderla abitativa?
Mi auguro proprio di si!
Il viaggio è finito e mi ritrovo al sicuro nel mio letto.

Sonde ed asteroidi

Questo che espongo non é un viaggio, tuttavia prendo nota e trascrivo ugualmente giacché sarà sicuramente un messaggio giuntomi in maniera del tutto inusuale.

Avendo poca dimestichezza con le esplorazioni planetarie e meno ancora memoria per ricordare i dati e le denominazioni ad esse attinenti, il fatto che mi ricordi con precisione cosa scrivere e come procedere appare veramente misterioso poiché queste nozioni non fanno parte del mio bagaglio culturale e ciò che scrivo non sempre lo comprendo realmente fino in fondo.

La DAWN è partita nel 2007 per dirigersi verso la cintura degli asteroidi che si trovano fra il pianeta Marte ed il pianeta Giove con i compito di fotografare, nel 2011, nel momento in cui si troverà a transitare in quei pressi ed in quella data, il maggiore degli asteroidi di nome Vesta, per poi raggiungere il pianeta nano Cerere tre anni dopo.

Gran parte degli asteroidi girano intorno al Sole, lontano dalla Terra, precisamente nella cintura posizionata tra Marte e Giove.

Gli asteroidi più vicino alla Terra sono detti NEA.

Quelli di Amor si trovano all'estremo dell'orbita terrestre, quelli di Atene ed Apollo l'attraversano e sono più pericoli.

Sisifo, l'asteroide maggiore del gruppo Apollo misura 10 km di diametro.

Nel 2011 la sonda NEAR Shoemaker è atterrata su Eros, l'asteroide di Amor, il secondo per grandezza tra i NEA con il diametro di 33 km.

Nel 2012 Eros verrà a trovarsi a 26 milioni di km di distanza dalla Terra.

L'Agenzia Spaziale Europea progetta di lanciare nel corso dell'anno 2011 la missione a due veicoli Don Quijote.

Il primo veicolo, denominato Sancho, studierà in dettaglio un asteroide "test" vicino alla Terra, tuttavia non pericoloso.

L'altro veicolo, chiamato Hidalgo, si schianterà contro l'asteroide per alterarne la traiettoria, mentre Sancho trasmetterà via radio alla Terra i dati registrati.

Il danno che potrebbe causare un asteroide è dipendente dalle sue dimensioni, dalla velocità e dall'angolo di impatto con l'atmosfera terrestre, poiché se questo risultasse stretto potrebbe rimbalzare altrove.

Ogni impatto provocherebbe un'enorme esplosione con terremoti, tsunami ed eruzioni vulcaniche in tutto il mondo.

Roma

La mia guida mi porta in una città che amo veramente molto.

Si tratta della meravigliosa città di Roma.

Finalmente un percorso oltremodo interessante.

Un viaggio senza provare il dolore delle vittime.

Semplicemente un itinerario di piacere.

L'entità che ci accompagna afferma di chiamarsi Joseph Mullooly.

La destinazione è la chiesa di san Clemente.

Non sono mai stato in questa chiesa, anche se è vicina alla zona dove solitamente soggiorno quando vengo a Roma.

L'entrata si trova appunto in piazza san Clemente, sulla direttrice che unisce l'anfiteatro Flavio alla basilica del Laterano.

Il nostro accompagnatore chiarisce che la stratificazione di questa basilica si trova su quattro livelli.

Questa particolare e cruciale zona della capitale, pagana e cristiana, nello scorrere dei secoli, è stata convertita e riconvertita in più occasioni, da molte trasformazioni.

Nel frattempo ci informa di altre notizie riguardanti la capitale.

Joseph Mullooly afferma che l'imperatore Nerone ordinò la realizzazione di un lago, nell'area dove in seguito venne costruito il Colosseo, proprio ai piedi della sua residenza della Domus Aurea, la quale si trovava sul colle Oppio.

Intanto scendiamo nella basilica inferiore edificata alla fine del IV secolo ed abbandonata successivamente dal momento che risultò assai pericolante.

Venne riempita di pietrame per assestare e rinforzarne le fondamenta per servire da sostegno alla nuova costruzione.

Anche la chiesa proto cristiana venne edificata con lo stesso sistema, poggiandola sopra un antico palazzo, originaria sede laica del culto di san Clemente, terzo papa romano.

Scendiamo al terzo livello dove risulta visibile un vicolo, le mura dell'antico palazzo, alcuni ambienti di case romane risalenti al I secolo d.C.

Sotto le suddette abitazioni si trovano i resti di altri edifici bruciati durante l'incendio di Roma.

L'itinerario interessante ed effettivamente affascinante, si svolge come una discesa agli inferi.

Ciononostante, non nasconde nessuna presenza demoniaca anzi, custodisce memorie sacre e profane, insieme a candidi lacerti di relitti classici intarsiati sopra le pareti.

Un umido mondo labirintico, dalla debole luminosità artificiale che si diffonde e rimbalza, con bagliori ed ombre, intorno agli arcaici colori affrescati sui marmi, sopra i laterizi e sui tufi.

Il nostro accompagnatore, mentre descrive le particolarità del posto, afferma che piazza Colonna copre un lago sotterraneo formato da un ruscello che scende in via del Tritone.

Pure sotto alla basilica di san Clemente si intravede un getto d'acqua che scroscia come uscisse da una fonte.

Al fianco laterale sinistro dello zampillo scorgiamo una grata sul pavimento sottostante, tramite la quale l'acqua fuoriuscita dalla fonte scorre verso il suo alveo.

In seguito ci inoltriamo in un corridoio denominato Nartece che nelle antiche basiliche era lo spazio riservato tradizionalmente ai catecumeni ed ai penitenti i quali, da quel luogo, seguivano le cerimonie religiose.

Il pronao a destra, o vestibolo del tempio mitreo che dir si voglia, presenta il soffitto a stucco con disegni geometrici.

Entriamo in una stanza nella quale si trovano alcuni reperti sepolcrali che riguardano colonne, archi, pilastrini.

Da buon cicerone, Joseph Mullooly, menziona la leggenda del rito di Mitra, dal quale assunse il nome il tempio mitreo.

Mitra, nato dalla roccia, fu una divinità dalla luce apollinea.

Costui ricevette dal Sole un messaggio recato da un corvo che gli comandò di uccidere il toro primordiale.

Secondo la leggenda, dal suddetto sacrificio e dal sangue del toro sorse la vita del mondo.

Dall'avvento della novella stagione terrestre, videro la luce e si presentarono contemporaneamente all'umanità, un serpente ed uno scorpione, i quali attestarono l'imprevisto inserimento del principio del male.

Il nostro accompagnatore afferma che questa leggenda sia stata creata a motivazione e per conto dell'uomo, dal momento che esso ha bisogno di credere anche nel male, poiché questo è parte del suo essere.

Al contrario della religione cristiana, gli adepti al mitraismo furono pochi seguaci, considerando che l'iniziazione prevedeva prove temerarie come il passaggio nel fuoco e nel gelo ed un lungo periodo di digiuno dalla fame e dalla sete.

In conclusione, mi mostra l'altare recante un bassorilievo con la scultura che presenta la figura di Mitra, il quale uccide il toro, mentre rivolge il viso allo scorpione ed al serpente che strisciano alla base della scultura.

Salutando e ringraziando l'accompagnatore per l'interessante esplorazione della chiesa di san Clemente, in particolare dei sottostanti, e l'un l'altro sovrastanti luoghi di culto, edificati in un passato assai remoto dalle diverse ed antiche credenze, rientro nella mia stanza, soddisfatto dell'escursione verificata tramite l'energia aura.

Le babbucce rosa

In questo viaggio non vesto i panni della vittima.
La visione degli accadimenti vengono visualizzati tramite la presenza dell'energia della mia aura.
Mi trovo in posizione sovrastante e posso seguire la vicenda.
La villa risulta essere un'importante ed imponente costruzione a due piani, attorniata da un vasto giardino e delimitata da una muraglia che la cinge tutt'attorno.
La donna, di media età, dai lineamenti sfuocati, esce dal cancelletto dell'abitazione e prende a correre sul marciapiede della strada lastricata che costeggia il muro di cinta.
Stranamente, anziché le scarpe, calza un paio di babbucce color rosa ed indossa una tuta chiara.
Il volto, rosso ed alterato, mostra evidenti tracce di percosse.
Durante la corsa si volta sovente in direzione del percorso compiuto per controllare di non essere seguita.
Risulta lampante stia scappando da qualcosa, o più precisamente da qualcuno con propositi maneschi.
Improvvisamente, giunta al termine del muro di proprietà, torna sui suoi passi come avesse scordato qualche cosa.
Al contempo, il cancello del passo carraio della villa si apre ed esce una macchina scura, dall'evidente grossa cilindrata, che inizia ad inseguire la donna.
Nel momento in cui s'incrociano, dall'auto scende un uomo di media statura, il quale indossa un giubbotto scuro e jeans.
I due iniziano a discutere animatamente sul marciapiede.
Non si comprendono le loro parole, tuttavia risulta palese stiano litigando animatamente.
L'uomo afferra la donna per le spalle ed inizia a scuoterla violentemente.
Lei cerca di difendersi e lo graffia sul viso e sulle mani per tentare di liberarsi.
A quel punto lui la prende per il collo e con la rabbia in corpo stringe forte fino a soffocarla.
Rendendosi conto di averle tolto la vita la carica in macchina e si allontana.

Giunto in un luogo appartato di una stradina di campagna, sosta in attesa di riflettere sul da farsi.

Dopo poco, placatasi l'agitazione per ciò che ha compiuto, mette in moto e riparte.

Rivedo l'auto parcheggiata davanti ad un cimitero di paese di piccole dimensioni.

L'uomo scende, controlla accuratamente non vi siano persone in zona, afferra, d'impeto, la donna e trasportandola sulle bracca entra nel camposanto.

Arriva in una piccola stanza nella quale vengono collocati i feretri in attesa della cremazione.

In effetti trova una bara appoggiata sopra un baldacchino.

Appoggia momentaneamente la donna sul pavimento ed apre il coperchio di chiusura del cofano.

All'interno si trova la salma che dove essere trasportata al forno per la cremazione, il giorno successivo.

L'apertura risulta facilitata poiché nel caso in cui la salma venga avviata alla cremazione, il coperchio viene serrato solamente con le viti, senza saldatura.

Prende la donna e la deposita insieme alla salma che si trova all'interno e richiude il cofano.

Rimesso a posto ogni particolare esce dal cimitero e torna a casa a piedi abbandonando l'auto nell'apposito parcheggio.

Questo è quanto ho potuto appurare di questo viaggio ed altro non saprei aggiungere.

Ritorno a Milano

Stavo facendo rientro a Milano dopo aver trascorso qualche giorno a Roma.

Era stato invitato ad intervenire nello studio di una televisione locale per presentare il mio nuovo romanzo pubblicato qualche settimana prima da una casa editrice romana.

Normalmente, mi sposto in macchina verso qualsiasi itinerario, anche se distante e fuori mano, tuttavia in quella occasione privilegiai fare il viaggio in treno.

Salii in anticipo sul vagone della classe assegnata al mio scontrino per trovare un posto a sedere che fosse in posizione tale da poter vedere il paesaggio scorrere avanti, come mi muovessi in auto.

Trovato il posto a me conveniente, sedetti comodamente nella poltroncina dello scomparto.

Prima della partenza, anche le altre postazioni che completavano il settore vennero ben presto occupate da tre signore.

Due di queste figuravano essere di mezza età mentre la terza sembrava assai più giovane.

Pur senza averne l'intenzione, dovetti inevitabilmente sentire i loro discorsi e compresi giungessero da un paesino della provincia di Potenza e stessero andando per qualche giorno in ritiro in un santuario del nord Italia.

Discutevano a profusione del periodo durante il quale sarebbero rimaste in ritiro spirituale e del beneficio morale che ne avrebbero tratto.

Nonostante il continuo discorrere delle eventualità prossime a verificarsi e di avvenimenti a loro conosciuti, evitarono accuratamente di sfiorare un argomento che avrebbe potuto creare una situazione compromettente per la più giovane.

Benché non conoscessi nessuna di loro e neppure la loro storia personale, compresi che le signore mature facevano parte di un'associazione cattolica ed entrambe stavano accompagnando la ragazza al ritiro spirituale per sollevarla moralmente dal grave problema che in quel momento la tormentava.

Si trattava di faccende talmente imprudenti che evitavano accuratamente di parlarne liberamente.

La mente e lo spirito si aprì alla conoscenza e compresi quale fosse il peso che le accompagnava.

La ragazza era stata fidanzata con un uomo che trafficava al limite della legalità e per questioni di prevalenza nell'ambito territoriale in cui faceva valere la sua autonomia, venne eliminato dalla malavita concorrente.

Le due signore, inserite nell'associazione cattolica del paese natio, erano entrambe parenti strette del fidanzato ucciso dagli avversari malavitosi.

La tragedia che colpì la ragazza e l'intera parentela, lasciò uno strascico di rancore e di dolore.

Mentre la rabbia invogliava alla vendetta quei malviventi che traevano profitto trafficando con l'ucciso, il dolore dei congiunti doveva placarsi allontanandoli dal paese.

Per l'anzidetto motivo, la fidanzata dell'ucciso e le donne della parentela, presero la partenza per raggiungere il santuario della città del nord.

Meglio fossero lontane nel momento in cui avrebbe potuto avverarsi la giusta vendetta e ristabilire le condizioni precedenti.

Sentivo pure lo spaesamento della ragazza la quale, sebbene fosse innamorata del fidanzato, provava dispiacere svolgesse traffici illeciti.

Avrebbe voluto, prima della data stabilita per il matrimonio, che il suo uomo lasciasse l'opera intrapresa per giungere ad un lavoro regolamentare.

Sovente lo pregava e lo consigliava di cambiare; senza che mai pervenisse ad una reazione positiva.

Ad un certo punto del percorso, dopo che la monotonia del treno indusse al torpore e le comari si fossero silenziate, intervenni in favore della giovane.

"Teresa, non stare ad angustiarti oltremodo. Vedrai che questi giorni di ritiro religioso rinforzeranno mirabilmente il tuo spirito. In seguito, dovrai stimolare la determinazione che ti appartiene, convincendoti diventi indispensabile rinforzare il ristabilimento fisico, psicologico e morale."

Le tre donne mi osservarono sorprese, ben sapendo di non aver mai pronunciato il nome della giovane durante i loro discorsi.

"Come consoce il mio nome?"

Chiese la ragazza.

"Conosco quel che mi è dato conoscere. Vedrai che il tempo smusserà il dolore che provi in questi giorni. Non devi pensare di restare sola. Nel tempo troverai un uomo del quale ti innamorerai e con il quale ti sposerai ed avrai dei figli."

Mentre la giovane mi guardava meravigliata, le due signore ebbero un moto di ostilità.

"Stai attenta che questo ti legge fino in fondo all'anima!"

Teresa non diede retta alle accompagnatrici e chiese il mio numero di telefono.

Dopo quella fortuita circostanza mi capitò ancora di sentirla telefonicamente, seppur di tanto in tanto, poiché necessitava di sostegno psicologico e per chiedere consigli.

Fui prodigo di suggerimenti e la sostenni moralmente fino al raggiungimento della completa autodeterminazione fisica e morale.

Mi chiese se per l'appoggio e per i miei consigli mi fosse debitrice.

Le risposi che niente mi era dovuto, come peraltro per ogni mia altra opera altruistica.

Del bene concesso, in quantità tale sarei stato ricompensato e ciò mi era più che sufficiente.

Durante ogni festività, sebbene non ci fossimo più incontrati e vivessimo ben distanti nel tempo e nello spazio, mi arriva la telefonata di Teresa, intenzionata a porgermi i migliori auguri.

Mi saluta piacevolmente confermando che ogni evento che ebbi a proferirle si fosse avverato.

"Ora sono felice!"

Ebbe a sostenere nel corso dell'ultima nostra conversazione telefonica.

"Sono con mio marito ed il mio bambino. Grazie di tutto."

E quanto basta per felicitarmi!

Visioni sul futuro

"Vieni! Ti porto a vedere il divenire!"
Afferma la mia guida accompagnandomi in una zona centro meridionale della nostra cara Italia.
Nient'altro posso fare che lasciarmi accompagnare.
Senza che il trascorrere del tempo abbia ragione d'essere, mi trovo sopra un promontorio ai piedi del quale si distende una grande città.
Le abitazioni raggiungono il litorale fino ad arrivare ad un centinaio di metri dal mare.
La litoranea che fiancheggia la costa, così come pure le altre vie di comunicazione interne, sono intasate completamente da macchine e da altri mezzi motorizzati, caricati di suppellettili che sporgono dai tettucci e dai bauli.
Il frastuono dei motori e dei clacson che vengono pigiati ininterrottamente, affinché il mezzo antecedente possa accelerare il cammino, è indescrivibile.
L'intenzione degli abitanti della città è quella di allontanarsi il più velocemente possibile.
Non importa in quale direzione muoversi; fondamentale è trovare una via libera per allontanarsi.
Comprendo la frenesia di distanziarsi il più possibile da quel luogo, alla quale aspira la cittadinanza intera, quando il mio sguardo volge al mare.
Mi pare assai strano ciò che vedo.
Volute di fumo escono dalle acque e si alzano per decine di metri sopra il livello marino.
L'evento si compie a circa cinquecento metri dalla riva.
Il sole che tramonta si trova alle mie spalle perciò penso di guardare verso il mare adriatico.
Guardo sbigottito le volute di fumo che prendono potenza e si elevano molto più alte di poc'anzi.
Trascorrono solamente pochi minuti ed insieme alle spirali fumose si associano zampilli di lava che ricoprono il mare, incendiandolo.
Osservo stupefatto la superfica dell'acqua marina incendiarsi.

Lo scenario è terribile ed indescrivibile al contempo.

L'emissione di lava appicca il fuoco al cielo ed in un attimo raggiunge anche la terraferma.

Ben presto la città intera, con quanto ne resta, insieme a coloro che non hanno fatto in tempo ad abbandonarla, viene coperta ed incenerita dalla lava.

Successivamente, senza trovare la ragione di quanto tempo sia trascorso, lo tsunami provocato dall'esplosione del vulcano marino, raggiunge la riva e si inoltra nella città ad una altezza inverosimile, travolgendo quando era rimasto.

Quando i terrificanti eventi placano la loro furia distruttiva, laddove aveva luogo la città e le terre emerse continentali, altro non rimane da osservare che il mormorio dell'onde.

Mi ritrovo nel letto e la mia guida afferma che quanto ho visto e le movimentazioni vulcaniche alle quali ho assistito, sono la naturale deflagrazione degli elementi sotterranei che nel corso del tempo si ripetono, presentando in tal modo l'attendibilità della vitalità del pianeta.

Durante gli inevitabili movimenti tellurici sotterranei, i quali sconvolgono l'esistenza di alcune specie animali e vegetali, eliminando coloro che si trovano a ridosso di quei fenomeni naturali, molte persone perdono la vita.

D'altro canto, se così non fosse ed il nucleo centrale della Terra si spegnesse, non esisterebbe nessuna specie.

L'entità che mi accompagna mi comunica inoltre che l'acqua del mare ha preso il posto della città e la spaccatura si è prolungata dall'Adriatico al Tirreno, raggiungendo la parte opposta e tagliando in due tronconi la penisola.

Aggiunge che nei primi decenni degli anni duemila grandi eventi, tra i quali terremoti ed eruzione vulcaniche, indicarono il pericolo di un evento catastrofico anche in Italia, essendo la stessa nazione circondata da innumerevoli vulcani marini e da molti altri sulla terraferma.

Purtroppo, sono irrealizzabili interventi umani di qualsiasi genere, né tantomeno compiere alcunché per limitare od addirittura interferire con il compiersi di eventi naturali, invalidando l'opera vitale del pianeta Terra.

Neppure si riscontrano le condizioni per percepire l'avverarsi di simili fenomeni naturali, sovente catastrofici per le creature che si trovano a sopportarle, i quali sono, in ogni caso, costantemente in divenire.

Il maestro

Questo viaggio avviene senza che nessuno abbia facoltà di verbo.

Come al solito mi ritrovo in una posizione sopraelevata dalla quale posso osservare ciò che avviene, o per meglio dire ciò che si intende mostrarmi.

Non riconosco in quale nazione possa trovarmi e neppure quale sia il centro abitato, conosco per certo sia un paese del cosiddetto terzo mondo.

Forse nel centro o sud America o forse nel vicino Oriente.

Di preciso non saprei proprio giudicare.

Le strade non sembrano molto trafficate, infatti non noto il transito di veicoli.

Alcune persone camminano, quasi passeggiando senza fretta, per le vie del sobborgo.

A fianco di un caseggiato ad un piano procede lentamente, fischiettando allegramente, il maestro.

Dietro a lui, ordinati in fila per due, lo seguono i suoi allievi.

Camminano senza meta e senza fretta per le vie della città.

I piccoli bambini marciano ordinati per il solo piacere di acconsentire al loro maestro di mostrare, a coloro dai quali verranno notati, la destrezza e la competenza di colui che li guida.

Infatti il maestro è assai considerato dalla comunità locale per l'abilità e l'esperienza con la quale indirizza l'insegnamento e la bontà di cuore che dimostra prendendosi cura dei piccoli allievi.

Sono bimbi piccoli, tutti maschi, dall'apparente età variante dai quattro agli otto anni.

Al contrario dell'allegrezza del maestro i bambini sono tutti molto inquieti.

Altro non sono che piccoli orfani e bambini abbandonati ed al considerare l'afflizione patita, a motivo della solitudine genitoriale nella quale sono stati abbandonati, mi rende malinconico mentre un nodo mi si stringe in gola.

Sento il loro tormento alla stessa stregua lo provassi personalmente.

Il cuore mi si stringe in una morsa quando mi viene aperta la mente alla veridicità.

Quei poveri piccini vengono abusati e violentati dal maestro fino a portarli allo stremo della vita.

Quando alcuni piccoli lasciano la vita terrena per un'altra esistenza, a causa dei supplizi e delle torture inflitte loro e finalmente trovano quella pace impossibile diversamente a trovarsi, altri poveri orfani si affacciano alla vita, prendendo il posto lasciato vacante da coloro che già erano.

Non trovano modo di ribellarsi a tanto scempio e neppure saprebbero come e cosa fare.

Non hanno modo di andarsene.

In quale luogo potrebbero rifugiarsi?

Chi si prenderebbe cura di loro se non il maestro!

D'un tratto mi si presenta ciò che prima non vedevo.

La fila si allunga ed altri piccoli si aggiungono, mettendosi in coda ai compagni.

Anch'essi in fila per due.

E la realtà si affaccia nuovamente, amaramente, nella mente.

Quei piccoli ultimi arrivati sono solo le sembianze di coloro che già furono.

Non sapendo dove andare, in attesa di trovare la pace dell'anima, sono nel frattempo ritornati.

Mi sveglio a causa di un mio gemito, con le lacrime agli occhi.

La brutalità e la malvagità che cova nel genere umano supera di gran lunga ogni possibile immaginazione.

In talune occasione si vorrebbe intervenire.

Purtroppo questa possibilità non viene consentita.

Mi viene concesso solamente di prendere visione di alcuni accadimenti.

Ecco dunque l'inferno sulla Terra!

La brutalità, la perversione, la crudeltà e la scelleratezza, trovano spazio nell'anima dell'umana specie.

Le galassie

Assistere ad eventi futuri straordinari e meravigliosi sono quantomeno autentici appagamenti dello spirito!
Mi alzo verticalmente a raggiungere un punto cosmico dal quale posso osservare gli incommensurabili, infiniti, universi.
In effetti l'infinito è veramente infinito, cioè senza limiti!
Gli universi si susseguono, l'uno dopo l'altro, senza soluzione di continuità.
La voce che sento, rendendo comprensibile ciò che vedo, è il suono dell'universo.
Mai in vita mia ho avuto modo di udire qualcosa di più gradevole.
Il piacere di ascoltare è inesprimibile; talmente meraviglioso da desiderare non smettesse.
Sento di essere parte del tutto e di partecipare alla conoscenza cosmica.
Infatti condivido eventi che mi lasciano senza fiato per la grandiosità del susseguirsi degli avvenimenti.
Se il tempo vitale esistesse veramente, chissà in quale momento cosmico mi scoprirei!
Le galassie della Via Lattea e quella denominata Andromeda si muovono con un movimento a spirale e stanno per unirsi in una gigantesca unica galassia.
Osservo miliardi e miliardi di stelle, pianeti e corpi celesti che si intersecano fra loro.
Nessun scontro, nessuna deviazione dal percorso stabilito, secondo le traiettorie dovute ai loro movimenti di rotazione, di rivoluzione e per l'attrazione esercitata fra corpi celesti, mantenuti distanti dalla forza centrifuga.
La visione ordinata dell'incontro e dell'amalgama di innumerevoli e gigantesche masse celesti in un'unica dimensione cosmica, infonde una gradevole sensazione di pace.
L'ordine del creato con il quale avviene l'unione delle due galassie è strabiliante ed al contempo rilassante da rendere perfino la sola visione dell'evento un effettivo benessere fisico.

Il suono dell'universo, melodioso e paradisiaco, mi indica la bellezza del creato.

Fra tanta magnificenza, con innumerevoli stelle che brillano illuminando pianeti accompagnati da satelliti ed asteroidi che si spostano con moto circolare nella distensione cosmica, osservo infatti alcuni punti luminosissimi che mi dicono siano quasar.

La visione cosmica è nitida e stupefacente.

La sensazione di sentirmi parte del tutto risulta talmente soddisfacente e gradevole al punto da farmi desiderare di rimanere nel luogo nel quale mi ritrovo.

Torno invece sulla Terra nello stesso periodo in cui avviene l'unione delle due galassie.

In quel tempo a venire, scopro cambiamenti molto importanti.

L'atmosfera è diversa.

L'aria è limpida e pulita; appare piacevolmente trasparente.

Nessun inquinamento atmosferico contamina l'ambiente.

Le piante sono rigogliose e la flora in genere è esuberante e copre per intero la terra emersa.

Le fonti che sgorgano dalle montagne sono pure e cristalline.

Le acque dei fiume sono limpide ed i mari sono verde azzurri.

Non riscontro nessuna traccia di degenerazione sia sulla terra, sia nell'aria che nelle acque.

Gli animali di grosse e medie dimensioni sono scomparsi.

Noto l'esistenza di piccoli esseri animati come le talpe ed altre bestioline di piccola stazza.

Ci sono dei manufatti che potrei chiamare costruzioni, piccole e basse ad un piano solo.

Forse i nuovi abitanti del pianeta Terra?

Non lo saprei affermare con certezza poiché altro non mi è consentito distinguere.

Vorrei tanto trattenermi in questa Terra.

Purtroppo, il nuovo mondo è stato rigenerato per restare indenne da contaminazioni umane ed a me non è consentito rimanere.

Con lo straziante dispiacere di abbandonare il ritrovato giardino terrestre, ritorno nella nostra dimensione.

L'ascensore

Fra le diverse attività lavorative, compiute nel corso degli anni, mi avvenne finanche di operare nel campo degli apparecchi elevatori.

Dopo aver appreso le tecniche per assemblare e perfezionare la realizzazioni dei disparati modelli, nella diversità dei complessi esemplari di impiantistica, decisi di aprire una ditta individuale di installazione ascensori ed elevatori.

Alcune aziende di fabbricazioni degli stessi mi concessero gli appalti di montaggio nei luoghi in cui le imprese edili stavano costruendo nuove residenze ed in quei palazzi nei quali i residenti intendevano collocare un apparecchio elevatore per raggiungere comodamente i piani superiori.

Dopo alcuni anni di onorata attività, fra i diversi contratti in corso d'opera, mi venne affidato l'appalto di installazione di un ascensore in Milano.

Il luogo si trovava in centro città e precisamente sul lato posteriore al teatro alla Scala.

I richiedenti che avevano commissionato l'opera erano i dirigenti di Mediobanca i quali intendevano installare un ascensore all'interno della tromba della palazzina societaria per salire agevolmente al piano nel quale si trovava la sala riunioni.

All'interno del vano predisposto all'istallazione era stato montato un ponteggio ad ogni piano, progettato con travetti laterali sui quali stavano appoggiate delle assi trasversalmente.

In realtà si trattava di un ponteggio assai precario.

Per non creare problemi all'impresa edile che aveva sistemato l'impalcatura, decisi che avrei assemblato comunque l'ascensore, benché gli assiti si presentassero instabili.

Come temevo, durante l'esecuzione dei lavori, mentre mi trovavo sull'impalcatura dell'ultimo piano, il travetto che sosteneva le assi del ponteggio si sfilò dal foro del mattone forato nel quale era inserito e le tavole che vi stavano appoggiate franarono miseramente.

Accadde tutto in un attimo.

Insieme all'impalcatura precipitai anch'io nelle tromba dell'ascensore, a testa in giù.

Durante la caduta, raggiunto il piano sottostante, le assi si spostarono facendomi stramazzare sugli assiti del piano inferiore, le quali si ruppero ed io le attraversai.

Giunto all'impalcatura del piano terra, sotto alla quale si trovava la gettata in cemento armato, le assi si spostarono e nello stesso istante durante il quale il mio corpo inerme si trovò a contatto con le assi, una forza misteriosa mi sollevò trasportandomi fuori dal vano ascensore.

Si trattava della forza energetica che durante la caduta mi mantenne in equilibrio affinché non sbattessi contro le murature laterali.

La stessa energia mi protesse mantenendo distanti dal mio corpo i tramezzi che piombavano ai piani sottostanti insieme a me.

Codeste energie si possono definire Angeli Custodi o semplicemente entità della dimensione superiore.

In ogni caso sono coloro che ci proteggono ed in quel caso hanno protetto e salvato la mia persona.

Mi trovai seduto e senza un graffio.

Occorre affermare che niente avviene per pura casualità e risulta evidente dovessi uscire indenne da quella circostanza per presupposti che non mi sono consentiti conoscere.

Un motto antico asserisce "non si muove foglia che Dio non voglia."

In realtà ritengo codesto aneddoto un'indicazione assai veritiera.

Pochi attimi dopo persi i sensi a motivo dell'inusitata e terribile esperienza.

Le energie che mi sostengono mi avevano protetto poiché se fossi andato a sbattere in fondo alla fossa, colata in cemento armato, sarebbe stato assai diverso e sicuramente molto peggio.

Quando ripresi conoscenza, riscontrando non avessi nessun ematoma e nemmeno una ferita, tornai tranquillamente a casa.

Nel corso del percorso, ringraziai mentalmente i miei protettori e le entità superiori che si prendono premura della mia persona.

Campi Flegrei

L'entità che solitamente mi conduce nei voli astrali fuori dal corpo, lo trovo ai piedi del letto.

Mi aspetta invitandomi alla partenza.

Afferma di voler scortare la mia aura nel tempo a venire.

Intende farmi conoscere un ritaglio del divenire.

Ultimamente sono molti i viaggi compiuti nel futuro.

In questo caso vuole condurmi ai campi flegrei.

I cosidetti campi Flegrei altro non sono che una regione vulcanica che occupa una vasta area ad ovest di Napoli.

Codesta area è costituita da molti crateri i quali, durante le eruzioni avvenute in passato, hanno formato altopiani e rilievi di varie dimensioni, attorniati da ampie superfici pianeggianti.

Si possono notare le solfatare che emettono vapore acqueo, insieme a piccoli laghetti nei quali si deposita l'acqua calda che scorga dal sottosuolo, densa e puzzolente di zolfo.

Alcune persone si immergono in codeste tiepide acque, nelle quali abbonda l'idrogeno solforato, dal momento che pare facciano assai bene all'epidermide e ad altre patologie similari.

Le aree pianeggianti, a motivo del deposito avvenuto in tempi remoti di lava e lapilli, vengono coltivate costantemente ed offrono una rigogliosa agricoltura.

Dopo la visione di codesti campi ci spostiamo ad est, nel luogo in cui si trova la città di Napoli.

La bella giornata invita ad uscire di casa ed a dirigersi a prendere una boccata d'aria fresca.

Dal castel dell'Ovo e per tutto il lungomare prospiciente al capoluogo, si scorgono molte persone che passeggiano in entrambe le direzioni.

Dalla posizione sopraelevata in cui mi trovo osservo gli splendori della città partenopea con le sue contraddizioni che si caratterizzano con le meraviglie artistiche delle zone signorili agli stretti vicoli nei quali regna la povertà e dove molte persone sono costrette a vivere di espedienti.

Le antitesi della metropoli sono simili ai suoi abitanti.

Molti di questi sono costretti a delinquere per sostentarsi, tuttavia sono proprio queste persone che hanno nel cuore una sensibilità acuta e superiore, introvabile in altre popolazioni.

Contemplo le grandiosità delle opere umane, considerando che il mio accompagnatore abbia inteso farmi scoprire i tesori del patrimonio culturale di Napoli nascosti fra le mura cittadine, quando, tutto ad un tratto, la terra inizia a tremare.

Un moto ondulatorio e sussultorio si espande per molti chilometri intorno alla città.

Si aprono crateri per le vie.

In maniera determinante, si spalancano numerosi crepacci nelle zone in cui si trovano i sotterranei degli antichi vicoli spagnoli.

Le strutture di alcune abitazioni precipitano miseramente cedendo su se stesse.

Dal centro sismologo che controlla le movimentazioni sotterranee viene annunciato l'allarme.

La disposizione che viene diramata invita la popolazione residente ad allontanarsi velocemente.

Il possibile ed ulteriore pericolo, prossimo a verificarsi, potrebbe generare l'eruzione del Vesuvio.

Intanto, nei campi flegrei, iniziano ad aprirsi i soffioni che sbuffano inesorabilmente, innalzano nell'aria lapilli e cenere incendiata.

I piccoli laghetti di acqua sorta dal sottosuolo, impregnata di idrogeno solforato, ribolle paurosamente.

I piccoli crateri che si diversificano nell'area dei campi Flegrei si aprono e spingono verso l'alto lava e lapilli.

Giunta la sera, si scorgono le luci di migliaia di auto accese, cariche di cittadini e di suppellettili che tentano di allontanarsi dalla città.

Altre migliaia di persone corrono come impazzite nei vicoli e nelle anguste vie, dirigendosi in ogni direzione, senza avere cognizione di dove andare a ripararsi per sentirsi al sicuro.

Il mare inizia a ribollire alla stessa stregua di una grossa pentola sul fuoco.

Dense nuvole di vapore acqueo, scure e caliginose, formatisi dall'acqua marina in ebollizione, si addensano nella volta celeste, diventata nera come la pece, coprendo l'intera area metropolitana.

Al contempo, i territori che compongono i campi Flegrei, sono percorsi da innumerevoli incendi.

Un boato tremendo che risuona per molti chilometri, avvalora l'ulteriore pericolo annunciato.

L'esplosione fa saltare il tappo che occludeva il cratere del vulcano, il quale salta miseramente sotto la pressione del magma che spinge dal sottosuolo verso l'alto.

Il Vesuvio erutta lava, lingue di fuoco, cenere infuocata e lapilli, indirizzando l'eruzione verso l'alto.

Il fumo denso, insieme al vento appesantito da un calore insopportabile, provenienti dal Vesuvio, si estendono per chilometri ed attraversano l'intera area circostante.

Ciò che il vulcano spinge verso l'alto si sposta in lontananza e depositandosi a terra rotola, per forza d'inerzia, spingendosi avanti in un continuo e terrificante panico per le persone inermi che sono rimaste sul posto, impossibilitate ad allontanarsi e costretti quindi ad assistere alla calamità naturale.

Si odono grida di dolore alzarsi fra i crolli ed i fuochi che incendiano gli edifici.

Coloro che hanno tentato di nascondersi nella speranza di salvarsi, inevitabilmente soccombono.

La terribile ecatombe ha colpito la cittadinanza del capoluogo e di molte cittadine confinanti.

La cenere incendiaria ed il forte vento, ad insopportabili gradazioni di calore, spazzano, distruggono ed appiccicano fuochi, a mano a mano che avanzano nella città.

Le tubazioni del gas saltano in aria.

Le linee elettrice, cadute al suolo, completano il disastro.

Niente e nessuno potrebbe fermare l'irruente forza della natura che avanza indomita sulla terraferma abbattendo e bruciando le opere concepite dal genere umano ed annientando coloro che le hanno edificate.

Dall'intera città di Napoli salgono alte le fiamme provocate dai roghi compiuti dal disastro.

Mi chiedo perché mai le persone si ostinano a convivere laddove l'eventualità che possa ridestarsi la natura e riprendere il corso naturale degli eventi, catastrofici per l'umanità, risulta verosimile?

A codesta domanda non trovo risposta

Mi ritrovo in camera mia con un terribile sgomento.

Come e quando questa terribile catastrofe possa verificarsi non lo saprei affermare con certezza.

L'unica realtà da conoscere è che sicuramente accadrà.

Altro non mi è consentito sapere.

Al convento dei frati cappuccini

L'episodio che vengo a descrivere avvenne alcuni anni or sono.

Attendevo si placasse il caldo afoso dell'estate avanzata, ormai prossima alla stagione successiva, così da stabilire la giornata adatta per recarmi a visitare la città di Mantova.

La gita l'avevo programmata per diletto, parecchio tempo prima.

Desideravo recarmi a visitare le bellezze artistiche del luogo, promosse in tempi assai remoti dal casato dei Gonzaga.

Il giorno in cui le condizioni termiche si mostrarono ottimali per la gita, decisi fosse giunto il momento adatto alla partenza

Mi avviai, quindi, con entusiasmo in quella ridente cittadina.

Giunto a destinazione, mi recai a visitare le opere programmate.

Andai dapprima a rimirare i monumentali saloni di palazzo Te, nel quale si riconoscono le straordinarie bellezze rappresentate dagli stupefacenti affreschi.

Continuai la visita recandomi a contemplare la meravigliosa stanza degli sposi, dipinta dal Mantegna, all'interno del maniero posizionato nella piazza principale del capoluogo.

Successivamente, per concludere in bellezza, visitai le magistrali opere che si trovano in quella straordinaria città, le quali appaiono catalogate in qualità di patrimonio dell'umanità.

Entusiasmato dall'interesse delle raffinate opere di eccellenti artisti, ritenni, durante il viaggio di ritorno verso casa, fosse fondamentale, transitando per Sabbioneta, sostare anche in quella località per recarmi a visitare le rarità artistiche del luogo.

La cittadina, roccaforte dei Gonzaga, denominata "la piccola Atene", risulta tuttora circondata dal fossato e dalle antiche mura, le quali, in un passato assai remoto, difendevano il centro abitato.

In quella località andai a visitare il teatro, il quale, pur essendo di piccole dimensioni, risulta proporsi come uno straordinario esempio di mirabile ingegneria artistica, concedendo all'uditore un'eccezionale acustica.

Visitai la piazza principale dove si trovano, ancora in ottime condizioni, i portici che attorniano le remote costruzioni.

Infine mi recai a visitare la galleria coperta, sotto alla quale si trovano ancora i grossi e monumentali anelli per fissare le redini dei cavalli delle truppe dei combattenti, incastrati sopra i pilastri di sostegno delle arcate edificate con mattoni a vista.

Insomma, come previsto, visitai opere di gran pregio.

In definitiva, posso affermare sia stata una gita assai interessante.

Tuttavia, ciò che voglio raccontare è quanto avvenne successivamente alle visite delle opere elencate.

O molto più probabilmente, l'escursione che pensavo di averla programmata per piacere, si presentò invece una metodica per giungere laddove era necessario dovessi intervenire.

In effetti, vorrei affermare che niente avvenga per pura casualità.

Sta di fatto che lasciata la cittadina di Sabbioneta, poco distante dalla circonvallazione e precisamente poco prima della località di Ponteterra, trovai un ristorante e siccome era giunta l'ora del desinare mi fermai a pranzo.

Il sito in questione era stato utilizzato, fino ad alcuni anni addietro, in qualità di convento dei frati cappuccini.

I religiosi, dovettero in seguito abbandonarlo, giacché vennero trasferiti altrove.

La struttura abitativa abbandonata venne ritirata ed adattata alla bisogna per la ristorazione, dai nuovi proprietari.

Giunto all'entrata del ristorante, venni ricevuto ed accompagnato in una delle diverse salette da pranzo e la mia accompagnatrice, la quale, come seppi in seguito, era anche la moglie del proprietario, mi destinò la seduta ad un tavolino d'angolo dal quale fui in grado di osservare l'intera stanza e gli avventori già presenti nel locale.

Nella saletta in questione i tavoli approntati alla bisogna erano quattro, giustamente distanziati l'uno dall'altro affinché gli avventori avessero un minimo di intimità.

Nel tavolo di sinistra sedeva un distinto signore dall'apparente età di circa quarant'anni.

Di fronte a me si trovava un uomo assai robusto il quale mangiava con grande appetenza.

Al tavolo di destra sedevano una donna ed un uomo, entrambi in giovane età, i quali senza dubbio facevano coppia.

Come d'usanza in queste terre, dove le persone del posto sono assai estroverse e disponibile a fare comunella, gli avventori, in particolare nel momento in cui finiscono il desinare ed attendono di sorbire il caffè, sovente si scambiano alcune parole pur senza conoscersi.

Avvenne in questo modo che fra i due signori ch'erano soli al loro tavolo, iniziarono a parlare del più e del meno, del cibo e del bel tempo, della stagione e della caccia.

Allo scambio di vedute prese parte anche il giovane accomodato alla mia destra il quale, durante le rare esternazioni, si disinteressava della ragazza con la quale si trovava.

La temperatura all'interno del locale era ideale e non necessitava di nessun tipo si areazione, ciononostante, ad un certo punto, i lunghi tendaggi che coprivano i finestroni iniziarono a svolazzare.

Mentre le persone presenti non fecero caso ai movimenti ondulatori delle tende, giacché erano in altre faccende affaccendati, compresi quanto, nel locale appartato del vecchio monastero, fossero presenti forti e numerose energie, vissute in quel luogo in tempi remoti.

La stessa ristoratrice, avanzando nella saletta trasportando le ordinazioni, mentre i frequentatori presenti seguitavano a discorrere, mi guardò stupita come fosse opera mia.

Istintivamente finse indifferenza per non spaventare gli avventori e mi lanciò un'occhiata di tacito accordo.

Naturalmente non dissi niente e rimasi ad ascoltare i vari aneddoti che venivano raccontati.

Ad un certo momento, quando il dialogo fra gli avventori si mitigò, intervenni a conversare con il signore che sedeva al tavolo posto alla mia sinistra.

Dissi cose che non avrei potuto conoscere, eppure risultarono veritiere.

Costui dirigeva una concessionaria per la vendita di autoveicoli, in collaborazione societaria.

"Lei, signore, deve stare attento al suo socio poiché sta architettando un tracollo della ditta ai suoi danni per poterne, in un secondo tempo, assumerne personalmente l'intera gestione comprensiva del reparto vendite, dell'officina meccanica e la relativa finanza."

Quel signore rimase interdetto; mi osservò stupito per alcuni attimi poi mi domandò:

"Lei mi conosce od ha acquisizione di nozioni di quale sia la mia azienda?"

"Non conosco lei e non conosco la sua ditta. Tenga presente quanto ho affermato."

Mi venne da rispondere prontamente, al che, curioso di conoscere più di quando ebbi ad affermare, seguitò:

"Saprebbe dirmi qualcosa in più!"

"Ciò che posso affermare è che il suo socio si dimostra disponibile a qualsiasi nefandezza pur di accaparrarsi l'intera azienda. Stia all'erta quindi, faccia indagini e prenda adeguati provvedimenti."

Dopo questa mia risposta, il signore si alzò, evidentemente con l'animo in tumulto e si avviò all'uscita.

Giunto sull'uscio si voltò, mi osservò sbigottito e mi ringraziò.

"Farò fare immediatamente delle indagini. Grazie dei consigli."

Detto questo, prese la porta per l'uscita e se ne andò.

La stranezza di conoscere la vita degli altri è un evento reso possibile soltanto in taluni casi nei quali diventa indispensabile offrire al soggetto in questione un opportuno sostegno.

Per quanto riguarda quel signore, per quella occasione ed in quella circostanza si concluse con l'evento descritto.

Tuttavia, il vigore rinforzante della pluralità delle energie presenti in quel vecchio monastero procedette ininterrottamente, indicandomi quale destinatario delle loro conoscenze, senza che potessi esimermi dal riferirle.

Giunse la signora a prendere gli ordini e mi chiese se fosse tempo mi portasse il caffè.

"Per favore si!"

Risposi prontamente, aggiungendo:

"Insieme al caffè mi porti, per favore, una fetta di torta sbrisolona e ci versi sopra un bicchierino di chartreuse."

Il tipico dolce mantovano lo avevo visto depositato sul ripiano dei dolci e mi aveva ingolosito.

"Per la fetta di sbrisolona non ci sono problemi. Tuttavia non sono in grado di innaffiarla con il chartreuse poiché ne siamo rimasti momentaneamente sprovvisti."

"Guardi bene nel ripiano dei liquore che si trova in cantina e troverà una bottiglia di quel liquore nascosto dietro agli altri."

La signora mi osservò stranita e si ritirò in cucina.

Poco dopo tornò con il caffè, la sbrisolona e il bicchierino pieno di chartreuse.

Come facessi a conoscere ci fosse ancora una bottiglia di chartreuse, celata in cantina dietro alle altre bottiglie di liquori, ancora oggi non lo so, le energie, però, che si aggiravano nei locali del ristorante lo sapevano bene.

Di certo sentii che in quella stanza, dove avevano vissuto a lungo i frati cappuccini, le attività delle numerose energie presenti mi caricavano di nozioni.

Quando mi recai alla cassa per pagare, la proprietaria del ristorante, la quale aveva notato l'insolito svolazzare dei tendaggi, assistito al dialogo avvenuto tra me ed il forestiero ed inoltre le avevo indicato la presenza di una bottiglia di liquore, sconosciuta perfino a lei, ebbe a dirmi.

"Ma lei chi è? Quali strane forze arcane dimorano in lei?"

"Sono una persona normale come tutte le altre. Nel mio caso vengo accompagnato e protetto dalle energie che mi custodiscono e mi guidano. Sono loro che mi suggeriscono gli eventi in divenire."

Dopo aver pagato quanto dovuto, la signora riprese a dire:

"Quali certezze potrebbero farle conoscere le sue energie al mio proposito?"

Pur non sapendo nulla dei suoi trascorsi ebbi ad affermare:

"Signora, lei deve cercare di recuperare se stessa e ritornare a vivere. Capisco quanto per una madre sia difficile superare un trauma pari a quello di aver perso un figlio in un incidente. Tuttavia deve farsi forza e, se pur con difficoltà, deve tentare di riprendere la normale esistenza. Non persista nella tentazione di raggiungerlo. Solamente quando giungerà il suo momento potrà farlo."

"E' proprio quello il mio pensiero fisso!"

"Signora, se lo tolga dalla mente poiché suo figlio non sarebbe per niente lieto facesse tale scelta."

La signora abbassò il capo e non replicò.

Lasciai il ristorante dirigendomi verso casa, soddisfatto di aver realizzato ciò che dovevo.

L'escursionista

Accadde un giorno che un amico, con il quale avevo trascorso molte stagioni dell'età più bella, venne a bussare alla mia porta.
Non esisteva certo il rapporto amicale avuto in giovinezza, giacché nel tempo ognuno di noi si costruì un diverso futuro, incamminandosi verso il proprio destino, ciò nonostante era rimasta un'ottima amicizia.
Risiedevamo nella stessa cittadina ed a volte capitava di incontrarci.
In quelle occasioni ci recavamo di buon grado al bar per bere un caffè insieme. rammentando con piacere i bei tempi trascorsi in gioventù.
Socchiuso l'uscio e vedendomelo di fronte, sebbene fosse un incontro inusitato, ci salutammo piacevolmente.
Lo invitai ad entrare e gli dissi di accomodarsi.
Lo ricevetti con vero piacere, offrendogli il caffè che degustammo entrambi volentieri.
Era evidente fosse venuto a casa mia per qualcosa in più dell'amicizia che ancora ci legava.
Dall'espressione esitante che mostrava, compresi volesse chiedermi qualcosa.
Per evitare di metterlo in difficoltà finsi indifferenza e seguitai a parlare dei nostri trascorsi, lasciando fosse lui a prendere l'iniziativa.
Dopo aver tergiversato a dismisura del comune passato ed a canzonarci a vicenda per alcune situazioni che ci avevano visti protagonisti, finalmente venne al dunque.
"Ecco, in verità, oltre alla soddisfazione personale di dialogare in privato fra noi, mi sono permesso di disturbarti per chiederti se potresti essermi d'aiuto."
"Se mi fosse possibile, ben volentieri!"
Risposi, riflettendo quanto fosse calzante la presunzione avuta.
"Devi sapere che il figlio di mia cugina, un esperto escursionista alpino dell'età di 23 anni, partito per esplorare i pinnacoli del gruppo delle Grigne, quasi certamente si è perso fra quelle cime.

Era partito di mattina presto, Domenica scorsa con il cane, appunto per dirigersi sui monti lecchesi per poi procedere avanzando sulle cime ed ammirare la stupefacente visione panoramica della pianura che si può contemplare da quelle altezze, così come piaceva a lui. Dalla sua partenza sono trascorsi sette giorni e del ragazzo non si hanno tracce. Dato che questi miei parenti abitano a Pasturo, la stessa sera è rientrato solo il cane che aveva portato appresso, senza il ragazzo."

"A questo riguardo, come potrei aiutarti? Non è stato diramato l'allarme? Non si sono premurati di cercarlo?"

Risposi non comprendendo bene cosa volessi facessi.

"Le ricerche effettuate dai numerosi volontari e dalle guardie forestali, benché abbiano perlustrato ogni angolo e tutti i recessi dell'intero gruppo delle Grigne per l'intera settimana, sono state infruttuose. Nel caso che tu, tramite le doti di cui sei provvisto, riuscissi a rintracciarlo, pacificheresti mia cugina, la sua famiglia e tutto il parentado, i quali si trovano in grande ambasce."

Il mio amico conosceva bene avessi alcune attitudine, tuttavia impegnarmi in questo tipo di ricerche era una novità che metteva in dubbio la certezza di riuscire nell'intento.

D'altro canto, come avrei potuto dichiarare di essere impossibilitato ad offrire un apporto non disponendo della facoltà di interventi similari.

In fondo si trattava di un mio caro amico.

Tentai quindi l'inesplorata sortita, comunicandogli le condizioni per attivare tale circostanza.

"Guarda; facciamo in questo modo! Portami un oggetto appartenuto al ragazzo e la piantina dei luoghi dove abitualmente preferisce fare le escursioni. Proverò a vedere se mi è possibile ottenere qualche risultato. Comunque, tieni presente che non posso promettere niente."

"Oh, non stare ad angustiarti per quello! Sono certo che farai ciò che potrai!"

Con queste parole ci salutammo, dandoci appuntamento al dì seguente.

Nel pomeriggio del giorno successivo ritornò a casa mia portando la piantina dei monti lecchesi ed il plettro con il quale il ragazzo, appassionato di musica, suonava la chitarra.

Mi lasciò gli oggetti richiesti e se ne andò dopo averlo informato che lo avrei chiamato nel caso in cui avessi trovato una qualsiasi traccia.

La stessa sera, dopo aver osservato con attenzione la piantina consegnatomi e mantenendo fra le mani il plettro, mi recai a riposare.

Il viaggio di quella notte divenne letteralmente devastante, sia per il corpo che per la mente.

Un'altra notte da dimenticare!

Volli tentare la sortita, al limite delle mie competenze, per risolvere l'intricato caso.

Sprovvisto dell'accompagnatore, poiché si trattava di evento personale, mi concentrai scindendo l'energia dal corpo, giungendo presto a liberare l'aura.

All'istante mi diressi sulle cime dei picchi del gruppo delle Grigne.

Dalla posizione sopraelevata nella quale mi trovai, la visione dei pianori sottostanti si spalancarono allo sguardo.

L'energia aura mi guidò dove era necessario dirigersi ed in quel luogo mi apparve ciò che cercavo.

Vidi distintamente un corpo in fondo ad un dirupo, benché fosse coperto dalla neve.

Mi apparvero i numerosi ematomi causati dal ruzzolare e dallo sbatacchiare contro i massi e le ferite laceranti prodotte dallo sbattere contro le taglienti rocce.

Tuttavia, la realtà più raccapricciante si mostrò quando notai la testa staccata dal resto del corpo.

La caduta aveva reso il suo viso irriconoscibile.

Alzatomi dal letto, affannato e sudaticcio, segnai velocemente con un cerchio, sulla cartina del mappale, il luogo preciso presso il quale si trovava il corpo.

Per quella notte il riposo si allontanò definitivamente ed il chiarore mattutino mi ritrovò desto.

Quando giunse un orario decente per telefonare, chiamai il mio amico e lo informai fosse il caso di raggiungermi poiché avevo importanti notizie da riferirgli.

Assai curioso di quali novità avessi da riferirgli, arrivò in un batter d'occhio.

Trovatici al cospetto, affermò che per far presto si mosse a spron battuto.

Lo informai delle visioni presentatemi durante la notte, le quali non erano per niente buone nuove.

Gli resi la piantina con le indicazioni per trovare la salma del figlio di sua cugina, aggiungendo quali fossero le condizioni nelle quali lo avrebbero rinvenuto.

Rimase stralunato ed assai incredulo per quanto raccontai, a cagione di due motivi per lui assai valevoli.

Il primo consisteva nel fatto che quella zona, da me segnata con un cerchio, era stata perlustrata accuratamente e poi perché gli pareva impossibile che al giovane si fosse staccata la testa.

"Guarda"

Disse utilizzando quell'intercalare con il quale era solito iniziare le frasi, e seguitò.

"Consegnerò la mappa della piantina, sulla quale hai segnato il cerchio, a mia cugina. Tuttavia devo affermare che quella zona sia stata perlustrata metro per metro, senza che venisse segnalato alcunché. Hai compiuto comunque la ricerca e di questo ti ringrazio."

"Ho fatto ciò che sono stato in grado di fare. Pare non sia stato trovato per la ragione fosse sepolto dalla neve. La decisione di riprendere le ricerche, negli stessi luoghi già perlustrati, è di competenza dei tuoi famigliari."

Risposi, convinto delle mie affermazioni.

Ci salutammo, notando in lui l'incredulità.

Venne da me in cerca di un possibile aiuto, tuttavia era evidente non credesse a quanto avevo dichiarato.

Benché fosse scettico delle affermazioni che ebbi a presentargli, indubbiamente consegnò la piantina a sua cugina poiché, tre giorni dopo la visione che mi si presentò, ricevetti una telefonata.

Era il padre del ragazzo scomparso, marito della cugina del mio amico, il quale mi ringraziava.

Avevano trovato suo figlio nel punto esatto cerchiato sulla piantina.

Benché lo avessero già cercato in quella zona, non lo avevano rilevato.

In effetti si trovava sotto un cumulo di neve, dov'era impossibile scoprirlo.

Con le indicazioni fornite cercarono ulteriormente e in conclusione lo trovarono.

Purtroppo, come ebbi ad affermare, la testa, staccatasi a causa dello scontrarsi contro le rocce taglienti durante la caduta nel profondo baratro, si trovava ad un metro di distanza dal corpo.

"Grazie! Grazie ancora per le sue indicazioni. Diversamente non lo avremmo trovato ed al disgelo della neve sarebbe diventato preda degli animali selvatici. Grazie a lei abbiamo recuperato almeno il corpo sul quale piangere."

Aggiunse che sua moglie, cugina del mio amico e madre del ragazzo, si trovava nella più profonda disperazione.

Non aveva neppure la forza di portare avanti l'esistenza, ora che il figlio era deceduto drammaticamente.

La stessa cosa valeva anche per lui.

Tuttavia, doveva farsi coraggio e trovare la forza per riaffiorare ad una parvenza di normalità, onde evitare che sua moglie portasse a termine gesti inconsulti.

Queste furono le ultime esitanti parole che udii da quel povero padre, mentre penava e gemeva dalla disperazione.

Ed io, silenziosamente, piansi, insieme a lui.

La sposa

Era un periodo tranquillo, sia mentalmente che fisicamente.
Il mese di settembre si avviava verso il solstizio d'estate.
La clemenza del tempo e le belle, lunghe giornate di sole e di luce inducevano al riposo ed alla meditazione.
Tentavo di concentrarmi per aprire uno spiraglio e poter risolvere una questione, a proposito di un quesito richiestomi, ciò nonostante non riuscivo a raccogliere le idee.
Il pensiero si dirigeva, di continuo, alla cerimonia alla quale avrei dovuto prenderne parte, essendo stato invitato.
Il figlio di un mio caro amico si accostava al sacramento matrimoniale.
Sebbene ci sia, da parte mia, l'innata insofferenza a qualsivoglia partecipazione alle celebrazioni in generale che inevitabilmente sfociano in una monotona ed inesauribile sequenza di ore seduti a tavola, rimpinzando i partecipanti di cibo e di bevande, non avrei potuto rifiutare il gentile invito.
Le calde giornate di fine estate si susseguivano speditamente e quasi senza accorgermene giunse il giorno deliberato della cerimonia nuziale.
Mi avviai a casa del mio amico dove venni ricevuto con estrema famigliarità.
Quando gli invitati dello sposo giunsero al punto d'arrivo, dopo aver iniziato i festeggiamenti a base di pasticcini, innaffiati dal vino prosecco prodotto dalle vigne del mio amico, ci avviammo alla chiesa parrocchiale nella quale avremmo atteso giungesse la sposa con il suo seguito.
Naturalmente, come vuole la tradizione, giunse in ritardo, ma soltanto di una decina di minuti; il minimale indispensabile.
Quando la vidi nel suo candido abbigliamento, provvisto del velo che le copriva la chioma e scendeva insieme allo strascico fino ai piedi, senza comunque coprirle il volto, immediatamente mi colpì.
All'apparenza mi parve di riconoscere in lei una ragazza timida ed impacciata ed in ogni caso troppo ingenua per le peculiarità insite nel giovane con il quale stava per accostarsi all'altare.

Conoscevo bene il figlio del mio amico.

Era un ragazzo che viveva alla giornata, sempre in cerca di nuove avventure.

I effetti, il fatto stesso avesse deciso di sposarsi mi lasciò un tantino stupito dal momento che consideravo intendesse proseguire l'esistenza in piena libertà, come soleva comportarsi, posandosi di fiore in fiore.

La differenza fra di loro mi parve troppo distante, sia moralmente che fisicamente, per smussare gli angoli e raggiungere un comune futuro radioso.

Ma tant'è: nel momento in cui cupido lancia le frecce ed il sentimento mobilita i sensi, o per meglio dire gli ormoni giovanili si fanno sentire, il ragionamento razionale viene a mancare e si procede nell'unica direzione prevedibile; ovvero compiacere alla passione.

Naturalmente, non avrei potuto né dovuto esternare le mie opinioni in quel contesto; convinzioni che ovviamente tenni in serbo per me.

Conclusa la cerimonia religiosa, l'insieme degli invitati raggiunse il punto d'incontro per poi proseguire insieme al ristorante selezionato.

Giunti nel locale, mi sorpresi nel constatare che la mia seduta si trovava al tavolo degli sposi e precisamente di fronte alla sposa.

Come prevedevo e per accentuare la mia insofferenza alle lunghe attese, le portate si avvicendarono con una lentezza esasperante anche se, in verità, questa circostanza mi dava la possibilità di osservare attentamene gli sposi e gli invitati accomodati allo stesso tavolo.

Per alleviare l'attesa, in aggiunta alla determinazione di volermi presentarmi espansivo e disinvolto, decisi fosse indispensabile interloquire con gli ospiti che mi stavano accanto.

La tensione al tavolo degli sposi era palpabile.

Si sentiva nell'aria e si rendeva indispensabile alleggerire il nervosismo che vi aleggiava.

Lo sposo si era alzato da parecchio tempo dal suo tavolo per recarsi a salutare un gruppo di amici, lasciando sola la sposa, senza manifestare la volontà di tornare.

Il giovanotto si soffermava, in particolare, a conversare, ridendo e scherzando, con una sua vecchia fiamma.

La sposa si sentiva trascurata ed abbandonata.

Sembrava essersi ritirata nel suo guscio.

Silenziosa ed imbronciata, volgeva il viso alle stoviglie appoggiate sul tavolo come non volesse assistere a tale discrepanza sentimentale.

Senza pensarci più di tanto, tentando di sollevarle il morale, mi venne istintivo rivolgermi a lei.

"Tieni alto il morale e pensa alla creatura che già porti in grembo. Nel mese di maggio partorirai una bambina. Avrà i capelli chiari come i tuoi. Ti sembrerà di corporatura gracile, tuttavia non dovrai angustiarti; avrà modo di irrobustirsi. La creatura che vedrà la luce ti darà tutto il bene che meriti."

La signora che stava seduta al mio fianco mi guardò con un sorriso sardonico e rivolgendosi anch'essa alla sposa domandò:
"Cara, sei forse già in attesa un bambino?"

La giovane sposa mi guardò imbarazzata e rivolgendosi alla signora che aveva avanzato la domanda, rispose affermando non fosse affatto incinta ma che anzi, proprio in quei giorni verificava il periodo mestruale.

Intorno a me si fece un silenzio di tomba ed io mi rimproverai di aver espresso quella preveggenza.

Molti dei presenti conoscevano facessi, a volte, esternazioni che parevano paradossali.

Inoltre, avevano informazioni ch'io possedessi doti impensate; in verità senza crederci veramente.

D'improvviso, i presenti al tavolo che avevano assistito al dialogo, iniziarono a guardarsi e ad ammiccare sorridendosi sardonicamente e dandosi di gomito.

La signora che aveva posto la domanda mi guardò con sufficienza e girandomi le spalle incominciò a parlare con la persona al suo fianco, senza più curarsi della mia ingombrante presenza.

Sono abituato a confrontarmi con coloro che non credono nelle mie esternazioni ed escogitano ogni espediente per mettermi alla prova, tuttavia in quel momento non avrei potuto confermare la mia affermazione.

La giornata pesante volse finalmente al termine ed io tornai a riprendere la mia normale esistenza.

Se mai si potrebbe chiamare normale!

Nel mese di maggio dell'anno successivo, precisamente il giorno 31, alla giovane sposa nacque una bimba con i capelli chiari e dall'aspetto delicato.

Chissà se quei detrattori avranno ripensato all'affermazione che ebbi ad esternazione in occasione del quel matrimonio.

L'innominato

A coloro i quali non hanno dimestichezza con la dimensione superiore, sembrerà astrusa e perlomeno stravagante questa introduzione.

D'altro canto, non posso esimermi dal menzionare colui che di questi avvenimenti volle riferirmi.

Sia che ci crediate oppure no!

Prima di addentrarmi nella descrizione delle circostanze durante le quali ebbi l'occasione di conferire con chi fu risoluto a contattarmi, desidero far presente quanto già fossi in relazione con l'altra dimensione.

Ovvero, i contatti con le energie del livello superiore, (chiamati pure spiriti, o spettri, o fantasmi, o comunque li si voglia nominare) nello scorrere del tempo, sono diventati, per me, una così detta "normalità".

Le relazioni informali si verificano in modo semplice e naturale.

Pur tuttavia queste avvengono solamente con le energie che mi sono state assegnate e che aderiscono alla mia protezione personale. (i cosidetti angeli custodi)

Ogni altra forma energetica presente nella dimensione superiore, per conferire con me, deve ottenere il beneplacito delle energie che sono assegnate alla mia salvaguardia.

Enunciato questo esordio, onde sgombrare il campo da ogni iniziale scetticismo, procedo a raccontare la sequenza sistematica con la quale venni contattato.

Tempo addietro acquistai una vecchia casa di montagna e nel tempo libero mi accinsi a sistemarla per poterla abitare dignitosamente.

L'energia che intendeva rivolgersi a me, non potendo intervenire autonomamente senza ottenere il consenso delle mie guide, le quali avrebbero approvato il contatto solo nel caso in cui il richiedente non alterasse il mio equilibrio energetico, intraprese a sottolineare la sua presenza con vari accorgimenti.

Iniziò a farsi sentire effondendo una specie di sibilo del tipo di fischi a due tonalità.

Fischiettio del quale credetti inizialmente potesse trattarsi del canto di qualche uccelletto che fra le diverse specie popolano il monte.

Quando decisi di fermarmi a dormire in quell'abitazione, nel corso della notte, udii chiaramente rumori di passi e trambusti vari percorrere l'impiantito di legno.

Anche a proposito di questi movimenti, immaginai potesse trattarsi del mio cagnolino, il quale, svegliandosi, se ne andava girovagando per la stanza alla ricerca di un luogo fresco con lo scopo di mitigare la calura.

Provai, finanche, la sensazione di sentire sfiorare lievemente il lenzuolo che mi copriva fino a mezzo busto, con accarezzamenti che dai piedi salivano ai polpacci.

In quel caso ritenni potesse trattarsi di un refolo di vento penetrato dalla finestra rimasta aperta per arieggiare la stanza, o che magari fossero involontari movimenti dei muscoli delle gambe che spostavano il lenzuolo, forzandolo ad alzarsi ed adagiarsi, offrendo la sensazione di vari toccamenti.

Insomma, non mi persuadevo potesse trattarsi di un'energia che intendeva comunicare con me.

Se così fosse stato le mie guide mi avrebbero avvertito; mi dicevo.

Almeno fino a quando accadde un episodio sorprendente al quale non avrei potuto dare una spiegazione marginale.

Rimasto assente qualche giorno dalla casa di montagna, quando vi feci ritorno trovai la botola che porta alla soffitta completamente spalancata ed alcuni elementi degli assiti che compongono il portello di apertura si presentavano roteati volutamente, in senso contrario alla chiusura.

Certo non potevo essere stato io ad aver causato un pandemonio simile quando mi assentai.

La prima riflessione che mi venne da considerare fu l'eventualità fossero entrati i ladri.

Tuttavia, la porta dell'ingresso era ancora ben serrata ed in definitiva non c'era niente d'importante da svaligiare.

In conclusione, per la verità, non mancò neppure una piccolezza; proprio un bel niente.

A quel punto domandai la possibilità di conferire con qualcuna delle mie guide per capire chi potesse aver compiuto un'impresa simile, o di quale altro mistero potesse trattarsi.

Come ho avuto modo di affermare in precedenza, quando necessito di comunicare con le energie che mi proteggono, queste sono ben disposte ad intervenire in mio favore e chi di loro si trova in quel frangente alla portata, non manca mai di assecondare la richiesta.

Colei che si presentò affermò, chiaramente, non fosse stata opera di malviventi ad aprire la botola della soffitta.

Detto questo, aggiunse di non poter rivelare altro poiché le spiegazioni richieste, a cagione dell'evento verificatosi, non rientravano nelle sue competenze poterle comunicare.

Ciononostante, a motivo delle ottime relazioni esistenti con le energie della dimensione superiore, nel caso in cui lo ritenessi necessario e lo avessi desiderato, avrei potuto dialogare con un'entità controllante che conosceva bene di quale stranezza si trattasse.

Dialogai quindi con un essere energetico superiore il quale mi chiarì di quale cosa trattasse quel mistero.

Il colpevole che aveva commesso il trambusto alla botola della soffitta era stata un'energia pesante.

Ovvero, un'energia che non aveva ancora deciso di superare la soglia della luce ed entrare nella dimensione superiore, poiché prima di accedervi intendeva rivelare un evento assai particolare.

Costui cercava in tutti i modi di attirare l'attenzione e si rivolgeva a me giacché conosceva fossi uno scrittore e di conseguenza avrei saputo come esporre, illustrare e sviluppare gli eventi che voleva riportare.

Con quell'ultima impresa intendeva finalmente identificarsi, presentarsi e farsi riconoscere.

In ogni caso non avrei avuto nulla da temere, poiché a nessuna energia viene concesso di modificare il corso degli eventi e nessuno di loro compie atti che possano nuocere a qualcuno.

Anzi, per la verità avviene proprio il contrario, poiché gli spiriti guida vengono assegnati alle persone per indirizzarle nella giusta direzione e sostenerle moralmente in caso di necessità.

Purtroppo e molto spesso le persone non ascoltano i suggerimenti che vengono loro suggeriti, anche se nell'animo odono chiaramente ciò che viene consigliato.

L'energia superiore controllante aggiunse che se volevo, e solo se intendevo farlo, avrei potuto ascoltare ciò che aveva intenzione di comunicare colui che non aveva ancora compiuto il salto di qualità e balzare laddove la luce dell'amore rinvigorisce l'animo e riaccende lo spirito.

In quel modo avrei avuto l'occasione di conoscere una storia da raccontare in un romanzo e l'energia in questione avrebbe, in conclusione, aperto le ali per librarsi nell'infinità universale.

Ovviamente accettai di buon grado di ascoltare le vicende di un possibile romanzo in divenire.

Si presentò, quindi, con massima semplicità, l'energia pesante a dialogare con me.

Rimasi ad ascoltare, con estremo interesse, ogni minimo particolare della narrazione.

Devo confessare che provai forti e struggenti emozioni per le vicissitudini che ebbe a ricordare.

In conclusione, come previsto, dopo aver compiuto ciò che intendeva esplicitare, l'energia pesante diventò leggera e spiccò il volo per la dimensione superiore.

Prima di partire mi ringraziò per essermi prestato ad ascoltare.

Mi confidò, infine, che dopo aver concluso un breve percorso chiarificatore, sarebbe diventato anch'egli uno spirito guida ed assegnato quindi ad un essere umano.

Anzi, per la verità, con estrema leggerezza e spirito di compiacimento, dichiarò con precisione:

"Sai, mio buon amico, diventerò anch'io un angelo custode!"

La salutai con il cuore in tumulto, dispiaciuto se ne andasse, benché la luce della conoscenza universale fosse la sua estrema destinazione.

Feci ricerche autentiche del periodo che intese descrivere per poter rappresentare dettagliatamente, con le vicende che mi furono raccontate, i travagli dell'epoca in cui avvennero gli eventi narrati.

Riscontrai l'estrema precisione e la completa veridicità di quanto mi venne raccontato.

Colui che volle conferire con me affermò di chiamarsi ... molto meglio non dire.

L'accusa

Nel corso di tanta lunga vita, mi sono accaduti eventi strani e particolari che hanno offerto la stura ad insinuazione ed a velate accuse, dalle quali reputavo impossibile discolparmi poiché inspiegabili da decifrare, se non con l'ausilio e la protezione di energie superiori che giunsero in soccorso e che desidero raccontare.

Accadde una prima volta quando mi trovai in giovane età.

In quegli anni, per conquistare la mia indipendenza economica, lavoravo, a tempo perso, in un bar con licenza per la vendita di sali e tabacchi, rilasciata dal monopolio di stato.

Gino si chiamava il conduttore ed Anna la sua convivente, la quale mi indicò al compagno come possibile aiutante.

Ben presto venne a crearsi un rapporto fiduciario assai soddisfacente a motivo del quale, quando entrambi necessitavano di assentarsi contemporaneamente, affidavano a me la temporanea conduzione dell'attività.

L'esercizio commerciale, al pari della maggior parte delle rivendite di tabacchi, era fornito di un locale sottostante al negozio da utilizzare come deposito delle scorte.

Nel magazzino venivano stipate e lasciate in giacenza provvisoria, i recenti acquisti di sigarette, i vini, i liquori, le casse con le bottigliette degli aperitivi e le bottiglie di vetro contenenti le acque minerali.

Una fatale mattina autunnale, successiva al rifornimento mensile di tabacchi, Gino si recò ad aprire la bottega e scoprì di essere stato derubato.

La fitta nebbia che da settimane imperversava sul nord Italia aveva favorito e coperto coloro i quali avevano eseguito il furto.

Le persone che avevano effettuato la razzia di scatoloni di sigarette erano entrati dalla bocca di lupo che si apriva sul marciapiede per dare luce all'ambiente sottostante.

Forzata l'inferriata per superarla ed infilatisi furtivamente nel magazzino, avevano depredato la merce depositata il giorno precedente.

La refurtiva trafugata contava un ingente danno economico, poiché al monopolio di stato i tabacchi dovevano pagarsi in anticipo e la cifra versata corrispondeva a quanto i due gestori dell'attività possedevano sul conto corrente.

La coppia di negozianti, i quali erano ancora in debito per concludere il pagamento rateale dell'acquisto della rivendita del bar tabacchi, si rivelarono in un momento assai compromettente economicamente.

Coloro che conoscevano fosse avvenuto il ritiro dei tabacchi ed il deposito in magazzino, oltre a loro, ero solo io.

Per questo motivo, quando nel pomeriggio giunsi al lavoro, avvertendomi dell'accaduto e non potendo incolparmi del furto, non avendo nessuna prova, compresi, dal modo di fare e dalle loro occhiate mi ritenessero responsabile.

Aggiunsero che sarebbero arrivate le forze dell'ordine per un sopraluogo e per meglio comprendere come fosse avvenuto il furto e magari risalire ai responsabili.

Non avendo modo di discolparmi, risposi fossi realmente amareggiato dell'accaduto.

I carabinieri, dopo aver controllato dettagliatamente ogni dettaglio, sia nel magazzino che nella bocca di luco sita sul marciapiede, affermarono dovessero tornare per approfondire le indagini.

Mi rendevo conto di trovarmi come stretto in una morsa, sentendomi impossibilitato a dimostrare la mia estraneità.

Il caso volle, o come verosimilmente vollero le energie che mi proteggono, che il giorno successivo, Gino, scendendo in magazzino per rifornirsi dei vini, si accorse che sotto le casse posizionate sotto la bocca di lupo ed utilizzate per salire e passare gli scatoloni dei tabacchi a coloro che si trovavano sul marciapiede, si scorgeva una carta d'identità.

Il documento identificativo era stato perduto dalla persona che si era introdotta nel magazzino infilandosi dalla feritoia della bocca di lupo.

Eppure, nonostante le forze dell'ordine si fossero adoperate in maniera metodica e certosina nella ricerca di qualche significativo particolare che potesse indicare le generalità dei malviventi, non rinvenendo alcunché, improvvisamente, laddove frugarono accuratamente, Gino scoprì la carta d'identità perduta da colui che eseguì il furto.

Che si fosse sfilata dalla tasca del ladruncolo mentre operava con delinquenza, o che fosse stata traslocata tramite volontà superiore, nessuno potrà affermarlo, se non la mia personale convinzione la quale propende per la seconda ipotesi.

Il ladrocinio era stato messo in pratica dal fratello del Gino il quale, conoscendo anch'esso il giorno preciso in cui venne effettuato il magazzinaggio del tabacchi, in combutta con il suo compare identificato dal documento, eseguirono il ladrocinio disinteressandosi di eventuali accuse ad altre persone.

Costui ammise al fratello di aver operato il furto con il complice giacché gli servivano i denari per trasferirsi temporaneamente in Inghilterra.

Lo pregò di ritirare la denuncia poiché diversamente sarebbe stato compromesso anch'egli.

Naturalmente, Gino ritirò la denuncia e il fatto non ebbe seguito.

Il fratello si recò comunque in Inghilterra, laddove si trovò nel suo ambiente.

Ovvero, al proposito posso solo affermare che il lupo perse il pelo ma non il vizio.

Nei miei confronti cambiarono atteggiamento, mostrandomi la stessa simpatia e la fiducia che ebbero in precedenza.

Per tranquillizzarmi, poiché risultava evidente la mia preoccupazione e la convinzione mi ritenessero colpevole, vollero avvertirmi di come fossero capitati gli avvenimenti, indicandomi pure i colpevoli.

In quell'occasione, con il riconoscimento degli autori del furto, mi sentii sollevato dall'eventuale infamante accusa.

Con il sorriso soddisfatto salutai Gino ed Anna ed a quel lavoro più non andai.

Scagionato

Una seconda occasione di sostegno inaspettato, affinché potesse emergere la mia estraneità a circostanze assai compromettenti, avvenne quando mi trovai in età matura.

Ero impiegato in un'azienda di medie dimensioni con la mansione di controllo di tutto il materiale in entrata ed in uscita dai magazzini.

Dopo la dimostrazione di comprovata operosità, la direzione, la quale nutriva completa fiducia nel mio operato, intese affidarmi il compito di controllo dell'ufficio acquisti.

L'impegno profuso nell'attività lavorativa intrapresa, impegnava completamente il tempo riservato al lavoro, protraendosi sovente anche oltre l'orario previsto, ciononostante mi rendeva assai soddisfatto ed orgoglioso delle mie capacità.

Trascorsero alcuni anni durante i quali il mio incarico si protrasse regolarmente e senza alcun intoppo, fino al momento in cui in azienda avvenne un cambiamento radicale.

Per favorire il cognato di un componente della direzione, il quale era rimasto senza impiego poiché l'azienda nella quale lavorava era andata fallita, costui venne assunto con la carica di direttore commerciale, giacché di questo trattava il suo dottorato.

Il dottor C. operò in maniera di assumere personalmente il controllo dell'intera azienda.

L'intenzione era quella di sostituire alcuni componenti dell'attività produttiva, i quali occupavano i punti nevralgici dell'azienda, con elementi fidati che avevano lavorato insieme a lui nella stessa ditta andata fallita.

Il primo ed importante dirigente che dovette estromettersi autonomamente, riconoscendo nella politica economica aziendale adottata dal dottor C. la subdola intesa di operare per interesse personale, fu il direttore di produzione.

Mi dispiacque molto si fosse licenziato giacché eravamo diventati buoni amici e collaboravamo attivamente per il buon funzionamento della società.

Questo buon amico, riconosciuto di livello superiore nel lavoro svolto, dimostrato fino a quel momento in maniera magistrale, venne richiesto senza indugio da altre società, in una delle quali andò ad occupare il punto strategico di direttore di produzione.

Eliminata la persona che occupava l'importante posizione, il dottor C. interveniva in ogni settore per modificare ed alterare, secondo i suoi parametri, la produttività generale.

Un bel giorno venne nel mio ufficio con una bolla indicante una gran quantità di materiale che avrebbe dovuto arrivare, ma che nel frattempo occorreva dimostrare di averlo acquistato e ricevuto dal momento che in quel periodo, l'azienda venditrice in questione operava sconti eccezionali.

Solo operando in quel modo, poiché il magazzino non era sufficientemente capiente per contenere l'importante quantità di materiale, sarebbe stato possibile ottenere l'importante sconto.

Poiché ero io che firmavo le bolle del materiale di ricezione, mi chiese di firmare la bolla.

Naturalmente firmai.

Tuttavia, anziché la solita firma, apposi una specie di sigla per potermi ricordare dell'accaduto.

Del materiale acquistato giunse la fatturazione che venne regolarmente pagata come se la merce fosse effettivamente giacente in magazzino.

Trascorsero alcuni mesi e giunse la necessità di utilizzare quel materiale che risultò inesistente ed introvabile.

Venne cercato insistentemente nei magazzini, senza che si trovasse alcunché.

Le macchine per la stampa erano ferma in attesa dei bancali di merce da caricare sulla pedana per potersi avviare.

Dopo la perdita di una giornata di produzione, in attesa dell'inesistente merce, il dottor C. ordinò alle impiegate di recuperare la bolla e la fattura del materiale per verificare se realmente lo avessero acquistato e fosse a magazzino.

Naturalmente risultava acquistato ed a magazzino per cui il dottor C. venne da me portando la bolla di ricezione.

"Questa non è la sua firma?"

Mi domandò mostrandomi la bolla da me firmata.

Vidi la firma apposta in maniera di sigla, risposi fosse la mia e rimasi interdetto.

Quando avevo premura, mi capitava di siglare le bolle di ricevimento anziché firmarle per esteso e di quella bolla proprio non ricordavo l'accaduto.

Era proprio la mia firma eppure il materiale a magazzino non si trovava.

Presumo o spero non si ricordasse neppure lui.

Rimasi giorni e giorni con la cocente preoccupazione di comprendere dove fosse l'ingente quantitativo di merce, andando personalmente nei magazzini alla ricerca di ciò che non si trovava.

Alla direzione della società venne comunicato fosse avvenuta la sottrazione di materiale già pagato.

La mancanza di tale merce era da addebitarsi al sottoscritto, poiché veniva dimostrato fosse stata da me firmata, magari in combutta con qualche intrallazzatore dell'azienda venditrice.

La mancanza di ciò che non c'era e quindi la sottrazione, o per meglio dire il furto con destrezza del materiale, si diffuse ben presto fra le maestranze della società.

Perfino i componenti della direzione societaria, la quale aveva riposto completa fiducia in me, stava cambiando opinione.

Insomma, ormai venivo visto come colui che aveva sottratto, con abilità, un'imponente ammanco.

Di certo avrebbero operato in maniera di accusarmi del furto agendo a vie legali.

Benché seguitassi ad operare normalmente, poiché, se pur al contempo venivo controllato, non mi avevano ancora esautorato e neppure rilevato dalle attività, magari proprio per verificare se esistessero altre incongruenze, l'apprensione provata per l'insolito evento mi faceva stare male.

Non sapevo proprio come uscirne indenne.

Ero certo di non aver commesso alcunché di strano, tuttavia non avevo modo di discolparmi!

Magari avessi ricordato!

E se così fosse stato ed il dottor C. avesse negato, come avrei potuto dimostrare il contrario?

Combinazione volle che avvenne un evento che risolse la situazione e mi discolpò.

L'addetto al deposito della ditta fornitrice, all'insaputa della direzione, mi telefonò per chiedermi quando avessimo previsto il ritiro della merce immagazzinata presso di loro.

Il cuore perse a battere di gioia e finalmente ricordai quanto avvenne al momento della sigla.

Mi recai negli uffici direttivi esplicitando dettagliatamente ogni particolare.

A quel punto, anche il dottor C. affermò, alla fine, di ricordarsi dell'accaduto e di aver ordinato l'ingente partita di merce per una questione economica e poi di averla scordata.

In quel momento ricordai la società nella quale assunse la direzione, poi fallita, e crebbero i miei dubbi.

Venni avvertito che per tranquillizzarmi, giacché non riuscivo a ricordare la sigla apposta su richiesta dal dottor C:, le energie della dimensione superiore stimolarono l'addetto al magazzino dell'azienda venditrice di telefonare per il ritiro di quanto tratteneva in deposito.

Preferirono fare in quel modo onde evitare, nel caso in cui fossero intervenuti per farmelo ricordare, che nascessero delle contraddizioni con il dottor C. il quale avrebbe potuto negare di esserne stato l'artefice.

Alcuni giorni successivi al ritrovamento e dopo il ritiro dell'ingente partita di merce, diedi le dimissioni e da quell'azienda me ne andai.

La pittrice

La fredda serata invernale e la stanchezza per l'attività giornaliera esercitata, invogliava a recarmi in stanza da letto, infilarmi sotto le caldi coltri ed intraprendere il meritato riposo.

Come sempre, prima di addormentarmi, esaminai mentalmente gli avvenimenti accaduti durante la giornata.

Non essendoci nessuna presenza energetica che invogliasse ai voli dell'energia aura, ritenni opportuno progettare il programma di lavoro per il giorno seguente.

Conclusa l'impostazione per la prossima attività, mi rannicchiai in posizione fetale.

Era quello il sistema ideale per il raggiungimento della completa distensione fisica.

Svincolato dai pensieri degli impegni quotidiani, tentai di visualizzare, con gli occhi della mente, gli stupendi dipinti scoperti ed osservati pochi giorni addietro.

Il sabato precedente mi ero recato a Roma per visitare la mostra esposta a palazzo Venezia dei pittori Orazio Gentileschi e della figlia Artemisia.

Stupendi dipinti realizzati nella seconda metà del cinquecento ed altri ancora nel primo seicento, tutti molto belli ed interessanti.

Un dipinto in particolare destò il mio stupore, per avvenenza e veridicità.

Si trattava del quadro che ritraeva l'eroina ebrea Giuditta la quale, per salvare il suo popolo, decapitava Oloferne nel sonno.

Stavo giusto conseguendo il relativo miglioramento ristoratore quando la mia aura si staccò dalla fisicità.

Mi trovai d'un tratto a Roma, in via Ripetta.

Si udivano i dialoghi dialettali delle comari che spettegolavano, parlandosi da una ringhiera all'altra, mentre il rumore dell'acqua del Tevere smorzava il loro conversare.

Mi trovavo nella seconda decade dell'anno 1600 d.C.

Non si udivano rumori strani di motori vari e l'aria pareva rivelarsi di eccezionale limpidezza.

Di filato e senza interferire intenzionalmente, la mia aura venne spinta in un specie di atelier d'artista.

La stanza pareva fosse un campo di battaglia.

Oggetti di ogni genere stavano accatastati l'un sopra l'altro, anziché essere accomodati nella loro giusta posizione.

Alcune vesti erano addossate sciattamente sopra scarni mobili.

Tele e cornici si trovavano appoggiate contro le pareti.

Insomma, il locale risultava sottosopra in un vero caos.

Sarà forse il disordine d'artista?

Non lo saprei proprio definire!

Il chiarore del Sole illuminava debolmente la stanza, giacché proveniva trasversalmente da un lucernario che apriva all'esterno dalla copertura del soffitto.

Di fronte alle falde lucenti, tra le quali il pulviscolo atmosferico si dilettava a giocherellare incuneandosi fra se stesso, si trovava la pittrice Artemisia, volta di spalle, la quale dipingeva il quadro che teneva esposto alla luce.

La giovane donna, bella e seducente, dai capelli ramati e dalle forme fisiche attraenti, vestiva una vestaglietta a tinta unica che la rendeva assai gradevole.

Il dipinto trattava appunto del quadro che destò il mio interesse.

L'artista stava infatti concludendo la stesura pittorica del dipinto riguardante Giuditta che decapita Oloferne.

Risultava evidente non fosse soddisfatta del risultato ottenuto fino a quel momento.

Per meglio ottenere la percezione alla quale intendeva pervenire, prese fra le mani una manciata di colore rosso sangue, approntato allo scopo, e senza utilizzare pennellate varie, lo scaraventò, con forza, in direzione della decapitazione.

Le gocce si sparsero ovunque nel dipinto ed in particolare laddove necessitava una maggiore concentrazione visiva dello sgorgare del sangue e cioè sul collo del decapitato Oloferne.

La sensazione di veridicità divenne impressionante tant'è che la stessa Artemisia si soddisfece del risultato raggiunto.

Lo sgargiante beato sorriso le illuminò il dolce ovale del viso.

In quel mentre, venni a conoscere la metodica tramite la quale la pittrice esaltò alcuni particolari dipinti.

Concluso il volo astrale fuori dal corpo, in una frazione di secondo, mi ritrovai in camera e nel mio letto.

Soddisfatto della magnifica escursione, durante la quale incontrai la straordinaria artista mentre si dilettava a dipingere ed al contempo ebbi modo di conoscere la tattica usata che soddisfece il suo estro artistico, mi rigirai nel letto e mi addormentai.

Le due signorine

Con un mio caro amico prendemmo un accordo, anni addietro, che ancora manteniamo.

Almeno una volta al mese, ovviamente non esistendo contrarietà al proposito, ci incontriamo al bar per un caffè, semplicemente per ritrovarci e magari rivangare i bei tempi andati.

Capitò un pomeriggio di un giorno d'estate che il mio amico volle invitarmi nella sua magione.

Accettai volentieri l'invito ed all'ora prevista mi diressi verso il suo appartamento.

Mi ospitò cordialmente ed iniziammo a conversare, commentando le notizie degli ultimi giorni.

Stavamo giusto sorbendo il caffè che lui stesso aveva preparato con la moka, sapendo che in quel modo lo preferito, quando squillò il campanello all'entrata.

La vicina di casa aveva osservato fossi stato ospitato e domandò se avessimo potuto entrambi recarci nel suo appartamento.

Il mio amico affermò candidamente di essere al corrente della richiesta e l'invito per il caffè era in effetti finalizzato ad compiacere la vicina di casa.

La signorina, in questo modo reputava di voler d'essere ufficialmente chiamata non essendosi mai sposata, si chiamava Maria ed aveva la bella età di 83 anni.

Come avrei potuto rifiutare la richiesta!

Ci recammo nell'appartamento accanto e in quel luogo trovammo la sorella di Maria.

Stava rincantucciata sopra il divano della sala.

Come ci vide si ricompose correttamente per ricevere gli ospiti.

Costei aveva la bellezza di 86 anni ed anch'essa, alla stessa stregua della sorella Maria, si annoverava nell'ambito delle signorine.

Le due sorelle, essendo impossibilitate fisicamente ad allontanarsi da casa più di tanto, a causa dell'età, provavano un senso di solitudine ed ambivano al piacere della compagnia.

Mi chiesero, nel caso in cui avessi piacere, la facoltà di recarmi a casa loro per fare due chiacchiere, quando venivo a trovare il mio amico.

Come avrei potuto respingere la cortese richiesta, avanzata con estrema gentilezza.

Prendemmo quindi, in comune con il mio amico, la decisione di fare visita alle signorine nelle occasioni in cui ci saremmo trovati a casa sua.

Come avviene normalmente in mia presenza, le persone sentono la necessità di raccontarsi, esponendo anche quanto mantengono in serbo nell'intimità.

Riferirono che la loro famiglia era composta da tre sorelle ed un fratello, oltre naturalmente ai loro genitori.

I genitori se n'erano andati per un mondo migliore molto presto e loro che erano le maggiori, avevano dovuto allevare sia la terza sorella che il fratellino, entrambi rimasti orfani troppo giovani per arrangiarsi autonomamente.

La terza sorella era mancata alcuni anni addietro a causa di un male incurabile, mentre il fratello, cappellano militare, venne dichiarato disperso durante il secondo conflitto mondiale.

Le due signorine, senza più nessun'altra parentela, preferirono restare nubili e vivere insieme.

Mi svelarono, inoltre, resoconti personali assai intimi, non inerenti alla vicenda in questione che ovviamente tengo per me.

Affermarono di accusare problemi articolari a cagione dei quali erano costrette a relegarsi in casa.

Evitai di affermare fosse un fatto di normale amministrazione verificare simili dolori alla loro età.

Il nocciolo della questione, inerente al racconto in questione, si verificò quando, nell'appartamento delle signorine, trovai una loro amica la quale sostenne di avere un grosso problema famigliare.

Costei volle descrivermi le inquietudini che turbavano i suoi pensieri.

Sua nipote occupava un posto rilevante in un'agenzia bancaria che svolgeva con concreta fattibilità.

Forse per gelosia, a causa delle capacità dimostrate, o forse per partito preso, veniva osteggiata dal direttore della filiale il quale utilizzava ogni espediente a disposizione per emarginarla, in maniera di farla sentire indesiderata.

Benché non mi venne riferito, conobbi immediatamente la ragione vera dell'ostracismo.

Il direttore aveva avanzato proposte sconvenienti che la giovane donna puntualmente respinse.

Di questo fatto evitai di parlarne poiché non desideravo affatto peggiorare la situazione.

L'amica della signorine proseguì dichiarando quanto la nipote fosse intenzionata a chiedere il trasferimento.

In famiglia erano molto preoccupati dal momento che la ragazza mostrava segni di depressione.

Mangiava poco niente; aveva perso parecchio peso ed il pericolo dell'anoressia pareva incombente.

Mi chiesero quale fosse la mia considerazione al proposito.

Non intendendo mostrarmi saccente, presi tempo per la risposta.

La settimana successiva incontrai nuovamente le signorine e dissi loro di riferire all'amica fosse il caso di consigliare alla nipote di non abbandonare l'impiego.

Dovevano supportarla ed assicurarle che entro un mese avrebbe ricevuto buone notizie.

Si fidarono della mia intuizione e si regolarono di conseguenza.

Il mese successivo ricevetti l'invito per un tè speciale.

Mi recai in casa delle signorine dove trovai una bella ragazza.

Era la nipote della loro amica.

Mi abbracciò, sorprendendomi, e mi ringraziò per averla spronata a non lasciare il suo impiego.

Il suo ex direttore era stato spostato ad altra filiale e lei era diventata direttrice dell'agenzia.

Conclusione

I racconti finora dichiarati fanno parte del mio bagaglio esistenziale, culturale e filosofico.

Molti altri potrei raccontarne, tuttavia preferisco non tediarvi oltre.

Potrei aggiungere di possedere la facoltà per intendere quali siano le carenze energetiche fisiche delle persone semplicemente sfiorandole con le mani, evitando accuratamente di toccarle.

Ciò nondimeno, non sono un guaritore e non possiedo alcuna facoltà divinatoria.

Capita, a volte, di proferire affermazioni che in seguito si avverano; pur tuttavia questo è un impulso semplice da concretizzare per chiunque sia in grado di scindere la fisicità dall'energia ed ascoltare la voce che giunge pressoché inaspettata.

Opportunità di interazioni con la dimensione superiore sono all'ordine del giorno.

Nel novero delle consapevolezze, in conformità delle quali sono stato aggiornato, trovano luogo eventi che non possono e non devono essere divulgati e denominazioni da evitare di menzionare.

Questo perché, nel caso in cui dovessi comunicare taluni esclusivi avvenimenti prossimi a verificarsi, o menzionare alcune energie di qualcuno in particolare che già fu, quasi sicuramente non verrei creduto e senza dubbio vi sarebbero coloro che mi indicherebbe come possibile alienato.

In effetti, ci sono persone che insistono caparbiamente per comprendere ed approfondire la materia, tuttavia, più di tanto non mi è possibile riferire e soprattutto diventerebbe sconveniente.

Coloro che vorranno credere potranno aprire la mente e riconoscere eventi accaduti anche a loro.

Per chi non crederà a ciò che ho scritto e raccontato, vorrei assicurare a loro tutto il mio sostegno.

Ciao a tutti.

Printed in Great Britain
by Amazon

66769175R00066